**OFFICIALLY
DISCARDED**

LOS EJÉRCITOS

El pasado 28 de noviembre de 2006, en Guadalajara (México), un jurado integrado por Alberto Manguel, Almudena Grandes, Alberto Ruy Sánchez, Francisco Goldman y Beatriz de Moura, acordó por mayoría otorgar a esta obra de Evelio Rosero el II Premio Tusquets Editores de Novela.

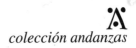
colección andanzas

EVELIO ROSERO
LOS EJÉRCITOS

PREMIO
TUSQUETS
EDITORES DE NOVELA

1.ª edición: marzo de 2007

Diseño de la colección: Guillemot-Navares
Reservados todos los derechos de esta edición para
Tusquets Editores, S.A. - Cesare Cantù, 8 - 08023 Barcelona
www.tusquetseditores.com
ISBN: 978-84-8310-391-3
Depósito legal: B. 8.986-2007
Fotocomposición: Foinsa - Passatge Gaiolà, 13-15 - 08013 Barcelona
Impreso sobre papel Goxua de Papelera del Leizarán, S.A. - Guipúzcoa
Impresión: Liberdúplex, S.L.
Encuadernación: Reinbook
Impreso en España

a Sandra Páez

¿No habrá ningún peligro en parodiar a un muerto?

Molière

Y era así: en casa del brasilero las guacamayas reían todo el tiempo; yo las oía, desde el muro del huerto de mi casa, subido en la escalera, recogiendo mis naranjas, arrojándolas al gran cesto de palma; de vez en cuando sentía a las espaldas que los tres gatos me observaban trepados cada uno en los almendros, ¿qué me decían?, nada, sin entenderlos. Más atrás mi mujer daba de comer a los peces en el estanque: así envejecíamos, ella y yo, los peces y los gatos, pero mi mujer y los peces, ¿qué me decían? Nada, sin entenderlos.

El sol empezaba.

La mujer del brasilero, la esbelta Geraldina, buscaba el calor en su terraza, completamente desnuda, tumbada bocabajo en la roja colcha floreada. A su lado, a la sombra refrescante de una ceiba, las manos enormes del brasilero merodeaban sabias por su guitarra, y su voz se elevaba, plácida y persistente, entre la risa dulce de las guacamayas; así avanzaban las horas en su terraza, de sol y de música.

En la cocina, la bella cocinerita –la llamaban «la Gracielita»– lavaba los platos, trepada en un butaco amarillo. Yo lograba verla a través de la ventana sin vidrio de la cocina, que daba al jardín. Mecía sin saberlo su trasero, al tiempo que fregaba: detrás de la escueta falda blanquísima se zarandeaba cada rincón de su cuerpo, al ritmo frenético y concienzudo de la tarea: platos y tazas llameaban en sus manos trigueñas: de vez en cuando un cuchillo dentado asomaba, luminoso y feliz, pero en todo caso como ensangrentado. También yo padecía, aparte de padecerla a ella, ese cuchillo como ensangrentado. El hijo del brasilero, Eusebito, la contemplaba a hurtadillas, y yo lo contemplaba contemplándola, él arrojado debajo de una mesa repleta de piñas, ella hundida en la inocencia profunda, poseída de ella misma, sin saberlo. A él, pálido y temblando –eran los primeros misterios que descubría–, lo fascinaba y atormentaba el tierno calzón blanco escabulléndose entre las nalgas generosas; yo no lograba entreverlas desde mi distancia, pero lo que era más: las imaginaba. Ella tenía su misma edad, doce años. Ella era casi rolliza y, sin embargo, espigada, con destellos rosados en las tostadas mejillas, negros los crespos cabellos, igual que los ojos: en su pecho los dos frutos breves y duros se erguían como a la búsqueda de más sol. Tempranamente huérfana, sus padres habían muerto cuando ocurrió el último ataque a nuestro pueblo de no se sabe todavía qué ejército –si los paramilitares, si la guerrilla: un cilindro de dinamita estalló en mitad de la iglesia, a la hora de la Elevación, con medio pueblo dentro; era la primera misa de un Jueves Santo y hubo catorce muertos y sesenta y cuatro heridos–: la niña se salvó de milagro: se encontraba vendiendo muñequitos de azúcar en la escuela; por recomendación del padre Albornoz vivía y trabajaba desde entonces en casa del brasilero –de eso hará dos años–. Muy bien enseñada por Geraldina, aprendió a preparar todos los platos, y últimamente hasta los inventaba, de manera que desde hacía un año, por lo menos, Geraldina se había desentendido para siempre de la cocina. Esto yo lo sabía, viendo a Geraldina dorarse al sol de la mañana, beber vino, tenderse y distenderse sin más preocupación que el color de su piel, el propio olor de su pelo como si se tratara del color y la textura de su corazón. No en vano su larguísimo cabello cobrizo como un ala invadía cada una de las calles de este San José, pueblo de paz, si ella nos daba la gracia de salir a pasear. La acuciosa y todavía joven Geraldina guardaba para Gracielita su dinero ganado: «Cuando cumplas quince años», yo oía que le decía, «te entregaré religiosamente tu dinero, y además muchos regalos. Podrás estudiar modistería, serás una mujer de bien, te casarás, seremos los padrinos de tu primer hijo, vendrás a visitarnos cada domingo, ¿no es cierto, Gracielita?», y se reía, yo la oía, y también reía Gracielita: en esa casa tenía su cuarto, allí la esperaban cada noche su cama, sus muñecas. Nosotros, sus más próximos vecinos, podíamos asegurar con la mano en el corazón que la trataban igual que a otra hija.

En cualquier sitio del día los niños se olvidaban del mundo, y jugaban en el jardín rechinante de luz. Los veía. Los oía. Correteaban entre los árboles, rodaban abrazados por sobre las blandas colinas de hierba que ensanchaban la casa, se dejaban caer en sus precipicios, y, después del juego, de las manos que se enlazaban sin saberlo, los cuellos y piernas que se rozaban, los alientos que se entremezclaban, marchaban a contemplar fascinados los saltos de una rana amarilla o el reptar intempestivo de una culebra entre las flores, que los inmovilizaba de espanto. Tarde o temprano aparecía el grito desde la terraza: era Geraldina, todavía más desnuda que nunca, sinuosa debajo del sol, su voz otra llama, aguda pero armoniosa. Llamaba: «Gracielita, hay que barrer los pasillos».

Ellos dejaban el juego, y una suerte de triste fastidio los regresaba al mundo. Ella iba corriendo de inmediato a retomar la escoba, atravesaba el jardín, el uniforme blanco ondeaba contra su ombligo igual que una bandera, ciñendo su cuerpo nuevo, esculpiéndola en el pubis, pero él la seguía y no demoraba en retomar, involuntariamente, sin entenderlo, el otro juego esencial, el paroxismo que lo hacía idéntico a mí, a pesar de su niñez, el juego del pánico, el incipiente pero subyugante deseo de mirarla sin que ella supiera, acechándola con delectación: ella entera un rostro de perfil, los ojos como absueltos, embebidos en quién sabe qué sueños, después las pantorrillas, las redondas rodillas, las piernas enteras, únicamente sus muslos, y, si había suerte, más allá, a lo profundo.

14

–Está usted encaramado en ese muro todos los días, profesor, ¿no se aburre?

–No. Recojo mis naranjas.

–Y algo más. Mira a mi mujer.

El brasilero y yo nos contemplamos un instante.

–Por lo visto –dijo él–, sus naranjas son redondas, pero más redonda debe ser mi mujer, ¿cierto?

Sonreímos. No podíamos hacer otra cosa.

–Es verdad –dije–. Si usted lo dice.

No miraba a su mujer, en ese momento, sólo a Gracielita, y, sin embargo, lancé involuntariamente una ojeada a lo hondo de la terraza donde Geraldina, tendida bocabajo en la colcha, parecía desperezarse. Enarbolaba brazos y piernas a todas las distancias. Creí ver en lugar de ella un insecto iridiscente: de pronto se puso de pie de un salto, un saltamontes esplendente, pero se transformó de inmediato nada más ni nada menos en sólo una mujer desnuda cuando miró hacia nosotros, y empezó a caminar en nuestra dirección, segura en su lentitud felina, a veces acobijada bajo la sombra de los guayacanes de su casa, rozada por los brazos centenarios de la ceiba, a veces como consumida de sol, que más que relumbrarla la oscurecía de pura luz, como si se la tragara. Así la veíamos aproximarse, igual que una sombra.

Eusebio Almida, el brasilero, tenía una varita de bambú en la mano y la golpeaba suavemente en su grueso pantalón caqui de montar. Acababa de llegar de cacería. No lejos se oía el piafar de su caballo, entre la risa esporádica de las guacamayas. Veía que su mujer se acercaba, desnuda, bordeando los azulejos de la pequeña piscina redonda.

–Sé muy bien –dijo sonriendo con sinceridad– que a ella no le importa. Eso no me preocupa. Me preocupo por usted, profesor, ¿no le duele el corazón? ¿Cuántos años dice usted que tiene?

–Todos.

–Humor no le falta, eso sí.

–¿Qué quiere que diga? –pregunté, mirando al cielo–: Le enseñé a leer al que ahora es el alcalde, y al padre Albornoz; a ambos los tiré de las orejas, y ya ve, no me equivoqué: todavía deberíamos jalárselas.

–Me hace reír, profesor. Su manera de cambiar de tema.

–¿De tema?

Pero ya su mujer estaba con él, y conmigo, aunque a ella y a mí el muro, y el tiempo, nos separaba. El sudor brillaba en su frente. Sonreía entera: la ancha risotada partía desde el vello escaso de la rosada raya a medias que más que acechar yo presentía, hasta la boca abierta, de dientes pequeños, que reía como si llorara:

–Vecino –me aulló con un grito festivo, su costumbre al encontrarnos en cualquier esquina–, tengo tanta sed, ¿no me va a regalar una naranja?

Los descubría, gozosos, ahora abrazados a dos metros debajo de mí. Las jóvenes cabezas erguidas y sonrientes me vigilaban a su vez. Elegí la mejor naranja y yo mismo la empecé a pelar, mientras ellos se mecían, divertidos. Ni a ella ni a él parecía importarles la desnudez. Sólo a mí, pero no di muestras de esta solemne, insoslayable emoción, como si nunca, en estos últimos años de mi vida, hubiese sufrido o pudiese sufrir la desnudez de una mujer. Extendí el brazo hacia abajo, con la naranja en la mano, hacia ella.

–Cuidado profesor, que se cae –dijo el brasilero–. Mejor arroje esa naranja. Se la recibo.

Pero yo seguí terciado al muro, extendido: a ella no le hacía falta sino dar un paso y recibir la naranja. Entreabrió la boca, sorprendida, dio el paso y me recibió la naranja riendo otra vez, encantada.

–Gracias –dijo.

Un efluvio amargo y dulce se remontó desde la boca enrojecida. Sé que esa misma exaltación agridulce nos sobrecogió a los dos.

–Como ve –dijo el brasilero–, no le importa a Geraldina pasearse desnuda ante usted.

–Y tiene razón –dije–. A mi edad yo ya lo vi todo.

Geraldina lanzó una risotada: era una bandada de palomas explotando intempestiva a la orilla del muro. Pero también me contempló con gran curiosidad, como si por primera vez me descubriera en el mundo. No me importó. Un día tendría que descubrirme. Pareció ruborizarse, sólo un instante, y después se desencantó, o tranquilizó, ¿o compadeció? Mi rostro de viejo, futuro muerto, mi santidad en la vejez, la sosegaron. No percibía todavía que toda mi nariz y mi espíritu entero se dilataban absorbiendo las emanaciones de su cuerpo, mezcla de jabón y sudor y piel y hueso recóndito. Tenía en sus manos la naranja y la desgajaba. Se llevó al fin un gajo a la boca, lo lamió un segundo, lo engulló con fruición, lo mordía y las gotas luminosas resbalaban por su labio.

–¿No es una adoración, nuestro vecino? –preguntó a nadie el brasilero.

Ella tragó aire. Tenía el rostro estupefacto, pero dueño al fin y al cabo del mundo. Sonreía al sol.

–Es –dijo, lánguida–. Es.

Y ambos se alejaron un tramo, abrazados, a la orilla de la sombra, pero entonces ella se detuvo, después de un largo paso, de modo que ahora me observaba abierta de piernas, el sol convergiendo en su centro, y gritó –el canto de un raro pájaro:

–Gracias por la naranja, señor.

No me dijo vecino.

Cuando me habló, ya ella había presentido en la mitad de un segundo que yo no la indagaba en los ojos. De pronto descubría que como un torbellino de agua turbia, repleto de quién sabe qué fuerzas –pensaría ella–, en su interior, mis ojos sufriendo atisbaban fugazmente hacia abajo, al centro entreabierto, su otra boca a punto de su voz más íntima: «Pues mírame», gritaba su otra boca, y lo gritaba a pesar de mi vejez, o, más aún, por mi vejez, «mírame, si te atreves».

Soy viejo, pero no tanto para pasar desapercibido, pensé, mientras descendía por la escalera de mano. Mi mujer ya me aguardaba con los dos vasos de limonada –su saludo nuestro, mañanero–. Pero me examinaba con cierta tristeza altanera.

–Algún día se burlarían de ti, lo sabía –dijo–. Todas las mañanas asomado, ¿no te da vergüenza?

–No –dije–. ¿De qué?

–De ti mismo, a estas alturas de la vida.

Bebimos la limonada en silencio. No hablamos de los peces, de los gatos, como en otras ocasiones, de las naranjas, que más que vender regalamos. No reconocimos las flores, los nuevos brotes, no planeamos posibles cambios en el huerto, que es nuestra vida. Fuimos directamente a la cocina y nos desayunamos ensimismados; en todo caso nos absolvía de la pesadumbre el café negro, el huevo tibio, las tajadas de plátano frito.

–En realidad –me dijo por fin–, tampoco me preocupas tú, que ya te conozco desde hace cuarenta años. Tampoco ellos. Ustedes no tienen remedio. Pero ¿los niños? ¿Qué hace esa señora desnuda, paseándose desnuda ante su hijo, ante la pobre Gracielita? ¿Qué les enseñará?

—Los niños no la ven —dije—. Pasan junto a ella como si de verdad no la vieran. Siempre que ella se desnuda, y él canta, los niños juegan por su lado. Simplemente se han acostumbrado.

—Estás muy enterado. Creo que deberías pedir ayuda. El padre Albornoz, por ejemplo.

—Ayuda —me asombré. Y me asombré peor—: El padre Albornoz.

—No había pensado bien en tus obsesiones, pero me parece que a esta edad te perjudican. El padre podría escucharte y hablar contigo, mejor que yo. A mí, la verdad, ya no me importas. Me importan más mis peces y mis gatos que un viejo que da lástima.

—El padre Albornoz —reí, estupefacto—. Mi ex alumno. A quien yo mismo he confesado.

Y me fui a la cama a leer el periódico.

Al igual que yo, mi mujer es pedagoga, jubilada: a los dos la Secretaría de Educación nos debe los mismos diez meses de pensión. Fue profesora de escuela en San Vicente —allá nació y creció, un pueblo a seis horas de éste, que es el mío—. En San Vicente la conocí, hace cuarenta años, en el terminal de buses, que entonces era un enorme galpón de latas de zinc. Allí la vi, rodeada de bultos de fruta y encargos de pan de maíz, de perros, cerdos y gallinas, entre el humo de motor y el merodear de pasajeros que aguardaban su viaje. La vi sentada sola en una banca de hierro, con espacio para dos. Me deslumbraron sus ojos negros y ensoñados, su frente amplia, la delgada cintura, la grupa grande detrás de la falda rosada. La blusa clara, de lino, de mangas cortas, permitía admirar los brazos blancos y finos, y la aguda oscuridad de los pezones, que se transparentaban. Fui y me senté a su lado, como si levitara, pero ella se levantó de inmediato, fingió acomodarse el pelo, me miró de soslayo, se alejó y aparentó entretenerse ante los carteles de la oficina de transporte. Entonces ocurrió algo que distrajo mi atención de su belleza montuna, inusitada; sólo un incidente semejante pudo apartarla de mis ojos: en la banca vecina se hallaba un hombre ya viejo, bastante gordo, vestido de blanco; también su sombrero era blanco, y el pañuelo que asomaba por la solapa; se comía un helado –igualmente blanco–, con ansiedad; el color blanco pudo más que mi amor a primera vista: demasiado blanco, también el sudor como una espesa gota empapaba su cuello toruno; todo él trepidaba, y eso a pesar de encontrarse debajo del ventilador; su corpacho ocupaba toda la banca, estaba repantigado, dueño absoluto del mundo; en ambas manos llevaba un anillo de plata; había a su lado una cartera de cuero, atiborrada de documentos; daba una sensación de inocencia total: sus ojos azules merodeaban distraídos por cada ámbito: dulces y tranquilos me contemplaron una vez y ya no volvieron a determinarme. Y otro hombre, reverso de la medalla, joven y delgado hasta los huesos, sin zapatos, en camiseta, el corto pantalón deshilachado, se iba directo hasta él, le ponía la punta de un revólver en la frente y disparaba. El humo que exhaló el cañón alcanzó a envolverme; era como un sueño para todos, incluso para el gordo, que parpadeó y, en el momento del disparo, parecía todavía querer disfrutar del helado. El del revólver disparó sólo una vez; el gordo resbaló de costado, sin caer, los ojos cerrados, como si de pronto se hubiese dormido, muerto de manera fulminante, pero sin dejar de apretar el helado; el asesino arrojó el arma a lo lejos –arma que nadie pretendió buscar y recoger–, y salió caminando tan tranquilo del terminal, sin que nadie se lo impidiera. Sólo que segundos antes de arrojar el arma me miró a mí, el inmediato vecino del gordo: nunca antes en mi vida me golpeó una mirada tan muerta; fue como si me mirara alguien hecho de piedra, tallado en piedra: sus ojos me obligaron a pensar que me iba a disparar hasta agotar las balas. Y fue cuando descubrí: el asesino no era un hombre joven; debía ser un niño de once o doce años. Era un niño. Nunca supe si lo siguieron o dieron con él, y jamás me resolví a averiguarlo; al fin y al cabo no fue tanto su mirada lo que me sobrecogió de náuseas: fue el físico miedo de descubrir que era un niño. Un niño, y debió ser por eso que temí más, con todas las razones, pero también sin razón, que me matara. Huí de su proximidad, busqué el baño del terminal, no sabía aún si para orinar o vomitar, mientras se oía el grito unánime de las gentes. Varios hombres rodeaban el cadáver, nadie se decidía a salir en persecución del asesino: o a todos nos daba miedo, o a nadie realmente parecía importarle. Entré al baño: era una pequeña sala con espejos rotos y opacos, y, al fondo, el único baño como un cajón –también en láminas de zinc, igual que el terminal–. Fui y empujé la puerta y la vi justo en el momento en que se sentaba, el vestido arremangado a la cintura, los dos muslos tan pálidos como desnudos estrechándose con terror. Le dije un «perdón» angustioso y legítimo y cerré de inmediato la puerta con la velocidad justa, meditada, para mirarla otra vez, la implacable redondez de las nalgas tratando de reventar por entre la falda arremangada, su casi desnudez, sus ojos –un redoble de miedo y sorpresa y un como gozo recóndito en la luz de las pupilas al saberse admirada; de eso estoy seguro, ahora–. Y el destino: nos correspondieron las sillas juntas en el decrépito bus que nos llevaría a la capital. Un largo viaje, de más de dieciocho horas nos aguardaba: el pretexto para escucharnos fue la muerte del gordo de blanco en el terminal; sentía el roce de su brazo en mi brazo, pero también todo su miedo, su indignación, todo el corazón de quien sería mi mujer. Y la casualidad: ambos compartíamos la misma profesión, quién lo iba a imaginar, ¿no?, dos educadores, discúlpeme que le pregunte, ¿cómo se llama usted?, (silencio), yo me llamo Ismael Pasos, ¿y usted?, (silencio), ella sólo escuchaba, pero al fin: «Me llamo Otilia del Sagrario Aldana Ocampo». Las mismas esperanzas. Pronto el asesinato y el incidente del baño quedaron relegados –en apariencia, porque yo seguía repitiéndolos, asociándolos, de una manera casi que absurda, en mi memoria: primero la muerte, después la desnudez.

Hoy mi mujer sigue siendo diez años menor que yo, tiene sesenta, pero parece más vieja, se lamenta y encorva al caminar. No es la misma muchacha de veinte sentada en la taza de un baño público, los ojos como faros encima de la isla arremangada, la juntura de las piernas, el triángulo del sexo –animal inenarrable, no–. Es ahora la indiferencia vieja y feliz, yendo de un lado a otro, en mitad de su país y de su guerra, ocupada de su casa, las grietas de las paredes, las posibles goteras en el techo, aunque revienten en su oído los gritos de la guerra, es igual que todos –a la hora de la verdad, y me alegra su alegría, y si hoy me amara tanto como a sus peces y sus gatos tal vez yo no estaría asomado al muro.

Tal vez.

–Desde que te conozco –me dice ella, esta noche, a la hora de dormir–, nunca has parado de espiar a las mujeres. Yo te hubiera abandonado hoy hace cuarenta años, si me constara que las cosas pasaban a mayores. Pero ya ves: no.

Escucho su suspiro: creo que lo veo, es un vapor elevándose en mitad de la cama, cubriéndonos a los dos:

–Eras y eres solamente un cándido espía inofensivo.

24

Ahora suspiro yo. ¿Es resignación? No sé. Y cierro mis ojos con fuerza, y, sin embargo, la escucho:

–Al principio resultaba difícil, era un sufrimiento saber que aparte de espiar te pasabas los días de tu vida enseñando a leer a los niños y niñas de la escuela. Quién iba a pensarlo, ¿cierto? Pero yo vigilaba, y te repito que esto fue solamente al principio, pues comprobé que nunca hiciste nada grave en realidad, nada malo ni pecaminoso de lo que nos pudiéramos arrepentir. Por lo menos eso creí yo, o quiero creer, Dios.

El silencio también se ve, como el suspiro. Es amarillo, se desliza por los poros de la piel igual que niebla, sube por la ventana.

–Me entristecía esa afición tuya –dice como si se sonriera–, a la que pronto me acostumbré: la olvidé durante años. ¿Y por qué la olvidé? Porque antes te cuidabas muy bien de que te descubrieran; era yo la única testigo. Bueno, acuérdate de cuando vivimos en ese edificio rojo, en Bogotá. Espiabas a la vecina del otro edificio, de noche y de día, hasta que su esposo se enteró, acuérdate. Te disparó desde la otra habitación, y tú mismo me dijiste que la bala te despeinó la cabeza, ¿qué tal que te hubiera matado, ese hombre de honor?

–No tendríamos una hija –respondo. Y me arriesgo, por fin, a claudicar–: Creo que voy a dormir.

–Hoy no te vas a dormir, Ismael; desde hace muchos años te vienes durmiendo siempre que quiero hablar. Hoy no vas a ignorarme.

–No.

25

–Te digo que seas discreto, por lo menos. Debo llamarte la atención, por más viejo que seas. Lo que acaba de suceder te denigra, y me denigra a mí. Yo lo escuché todo; no soy sorda, como crees.

–Eres también una espía, a tu manera.

–Sí. Una espía del espía. No eres discreto, como antes. Te he visto en la calle. Sólo falta, Ismael, que se te escurran las babas. Doy gracias al cielo que nuestra hija, nuestros nietos, vivan lejos y no te vean en éstas. Qué vergüenza con el brasilero, con su mujer. Que ellos hagan lo que quieran, está bien, cada quien es dueño de su carne y su podredumbre; pero que te sorprendan encaramado como un enfermo espiándolos es una vergüenza que también a mí me corresponde. Júrame que no te volverás a encaramar.

–¿Y las naranjas? ¿Quién recoge las naranjas?

–Ya he pensado en eso. Pero tú, ni más.

Los 9 de marzo, desde hace cuatro años, visitamos a Hortensia Galindo. Es en esta fecha cuando muchos de sus amigos la ayudamos a sobrellevar la desaparición de su esposo, Marcos Saldarriaga, que nadie sabe si Dios lo tiene en su Gloria, o su Gloria lo tiene en Dios –como han empezado a bromear las malas lenguas, refiriéndose a Gloria Dorado, amante pública de Saldarriaga.

La visita se hace al atardecer. Se pregunta por su suerte y la respuesta es siempre igual: *nada se sabe.* Allá en su casa se reúnen sus amigos, los conocidos y los desconocidos; se bebe ron. En el largo patio de cemento, donde abundan las hamacas y las sillas mecedoras, una muchedumbre de jóvenes aprovecha la ocasión, incluidos los hijos de Saldarriaga, los mellizos. En el interior de la casa los viejos rodeamos a Hortensia y la escuchamos. No llora, como antes; podría decirse que ya se resignó, o quién sabe; no parece una viuda: dice que su marido sigue vivo y que Dios lo ayudará a regresar con los suyos; ella debe andar por los cuarenta, aunque aparenta menos edad: es joven de espíritu y semblante, pródiga en carnes, más que exuberante, agradece que la acompañen en la fecha conmemorativa de la desaparición de su marido, y lo agradece de una manera inusual: al decir Gracias a Dios roza ella misma sus pechos –dos sandías de una redondez descomunal– con sus manos abiertas y temblando, un gesto del que no sé si soy el único testigo, pero que ella reitera cada año, ¿o pretende solamente señalarse el corazón?, ¿quién puede saber? Incluso, de dos años para acá, en su casa se pone música y, quiéralo o no Dios, como que la gente se olvida de la temible suerte que es cualquier desaparición, y hasta de la posible muerte del que desapareció. Es que de todo la gente se olvida, señor, y en especial los jóvenes, que no tienen memoria ni siquiera para recordar el día de hoy; por eso son casi felices.

Porque la última vez se bailó.

–Déjenlos bailar –dijo Hortensia Galindo, saliendo al patio iluminado de la casa, donde ya los jóvenes renovaban animados sus parejas–. A Marcos le gustará. Siempre fue, y *es*, un hombre alegre. Estoy segura que la mejor fiesta ocurrirá a su regreso.

Eso sucedió el año pasado, y el padre Albornoz se retiró, sumamente contrariado de semejante decisión:

–De modo que puede estar vivo, o muerto –dijo–, pero igual, hay que bailar. –Y salió de la casa. No alcanzó, o no quiso escuchar la respuesta de Hortensia Galindo:

–Si está muerto, también: él me enamoró bailando, cómo no.

Hoy no sabemos si después de lo sucedido el padre Albornoz querrá visitar a Hortensia Galindo. Tal vez no. Mi mujer y yo nos lo preguntamos mientras atravesamos el pueblo. Nuestra casa queda en el extremo opuesto de la de Hortensia, y ambos, tomados del brazo, nos animamos mutuamente a caminar, o, mejor, ella me anima a mí; el único ejercicio al que estoy acostumbrado es el de subir la escalera de mano, recostado por completo, como en una cama casi vertical, y recoger las naranjas que me entregan los árboles del huerto; es un ejercicio entretenido, sin prisas, que me abre campo en las horas de la mañana –por todo lo que hay que mirar.

Caminar se ha convertido para mí, últimamente, en un suplicio: me duele la rodilla izquierda, se me hinchan los pies; pero no rechisto enfrente de los demás, como hace mi mujer, que sufre de varices. Tampoco quiero usar ningún bastón; no voy donde el médico Orduz porque estoy seguro que me recetaría un bastón, y yo, desde que era niño, asocié ese artefacto con la muerte: el primer muerto que vi, de niño, fue mi abuelo, recostado contra el aguacate de su casa, gacha la cabeza, el sombrero de paja cubriendo la mitad de su rostro, y un bastón de palo de guayacán entre las rodillas, las tiesas manos amarrando la empuñadura. Creí que dormía, pero pronto escuché llorar a la abuela: «Entonces te has muerto al fin y me dejaste, dime qué debo hacer ahora, ¿morirme yo?».

—Escucha —le digo a Otilia—. Quiero pensar en lo de anoche. Me has avergonzado de mirar a los demás, ¿cómo es eso de que babeo cuando camino por las calles?, no, no respondas. Prefiero quedarme a solas unos minutos. Voy a tomar un café donde Chepe y ya te alcanzaré.

Ella detiene su paso y se queda mirándome boquiabierta.

—¿Te sientes bien?

—Nunca me he sentido mejor. Sólo que todavía no quiero llegar donde Hortensia. Ya iré.

—Bueno que escarmientes —dice—, pero no es para tanto.

Justo al lado nuestro, a la orilla de la calle, queda el café de Chepe. Son las cinco de la tarde y todavía las mesas —las ubicadas cerca del andén— no las ocupa nadie. A una de esas mesas me dirijo. Mi mujer sigue detenida: es un vestido blanco de flores rojas en pleno centro de la calle.

—Allá te esperaré —dice—. No demores. Es de mala educación que una pareja haga la visita por separado.

Y sigue su camino.

Me aferro a la más próxima silla del corredor, me dejo caer. Me hierve la rodilla por dentro. Ah, Dios —me suspiro yo mismo—, sigo aquí simplemente porque no he sido capaz de matarme.

—¿Qué música quiere oír, profesor?

Chepe ha salido del interior de su tienda, y me trae una cerveza.

—La música que tú prefieras, Chepe, y no quiero

cerveza, tráeme una taza de café bien negro, por favor.

–¿Por qué esa cara, profesor? ¿Le aburre visitar a Hortensia? Allá se come bien, ¿no?

–Cansado, Chepe, cansado solamente de caminar. Prometí alcanzar a Otilia en diez minutos.

–Bueno, voy a traerle un café tan negro que no podrá dormir.

Pero pone la cerveza en la mesa:

–La casa invita.

A pesar del fresco de la tarde, el otro dolor, adentro, se empecina en quemarme la rodilla: todo el calor de la tierra parece refugiarse ahí. Bebo la mitad de la cerveza, pero el fuego en la rodilla se ha hecho tan intolerable que, después de comprobar que Chepe no me atisba desde el mostrador, me arremango la bota del pantalón y arrojo la otra mitad en la rodilla. Tampoco así el ardor desaparece. «Tendré que visitar a Orduz», creo que me digo, con resignación.

Empieza a anochecer; se encienden las bombillas de la calle: amarillas y débiles, producen grandes sombras alrededor, como si en lugar de iluminar oscurecieran. No sé desde hace cuánto una mesa vecina a la mía ha sido ocupada por dos señoras; dos aves parlanchinas que yo recordaré; dos señoras que fueron mis alumnas. Y ven que yo las veo. «Profesor» dice una de ellas. Respondo a su saludo inclinando la cabeza. «Profesor», repite. La reconozco, y voy a recordar: ¿fue ella? De niña, en la primaria, detrás de los cacaos empolvados de la escuela, la vi recogerse ella misma su falda de colegiala hasta la cintura y mostrarse partida por la mitad a otro niño que la divisaba, a medio paso de distancia, tal vez más asustado que ella, ambos sonrojados y estupefactos; no les dije nada, ¿cómo interrumpirlos? Me pregunto qué habría hecho Otilia en mi lugar.

Son viejas, pero bastante menos que Otilia; fueron mis alumnas, me repito, todavía ostento memoria, las distingo: *Rosita Viterbo, Ana Cuenco*. Hoy tienen cada una más de cinco hijos, por lo menos. ¿El niño que se conmocionaba ante el encanto de Rosita, de falda voluntariamente recogida, no era Emilio Forero? Siempre solitario, no cumplía todavía los veinte años cuando lo mató, en una esquina, una bala perdida, sin que se supiera quién, de dónde, cómo. Ellas me saludan con cariño, «Qué calor hizo hoy al mediodía, ¿cierto, profesor?». No accedo, sin embargo, a su aparente petición de charla; me hago el desentendido; que piensen que estoy senil. La belleza abruma, encandila: nunca pude evitar apartar los ojos de los ojos de la belleza que mira, pero la mujer madura, como estas que se rozan las manos mientras hablan, o las mujeres llenas de vejez, o las mucho más viejas que las llenas de vejez, suelen ser sólo buenas o grandes amigas, fieles confidentes, sabias consejeras. No me inspiran compasión (como tampoco yo me la inspiro), pero tampoco amor (como tampoco yo me lo inspiro). Siempre lo joven y desconocido es más hechicero.

Eso pienso –como una invocación–, cuando escucho que me dicen «Señor» y surca a mi lado la ráfaga almizclada de la esbelta Geraldina, acompañada de su hijo y Gracielita. Se sientan a la mesa de mis alumnas; Geraldina encarga jugo de curuba para todos, saluda efusiva a las señoras, las interroga, ellas replican que sí, también vamos a casa de Hortensia, y estamos aquí –añade Ana Cuenco– porque fíjese qué buena espalda tiene el profesor, tan pronto lo vimos nos dieron ganas de acompañarlo a descansar.

–Gracias por lo de buena espalda –digo–. ¿Igual, cuando me muera me acompañarán?

Una risotada unánime y cantarina me rodea: más que femenina, se desliza por los aires, cruza la noche, ¿en qué bosque estoy, con pajaritos?

–No sea pesimista, señor –habla Geraldina, y todo parece indicar que ya nunca me dirá vecino–: a lo mejor nosotras nos morimos primero.

–Eso jamás. Dios no cometería semejante equivocación.

Las señoras asienten con la cabeza, sonríen solemnes, agradecidas, Geraldina abre la boca, como si quisiera decir algo y se arrepintiera.

Llega Chepe y reparte los jugos de curuba; me deja la taza de café humeante. Geraldina suspira tumultuosa –como si gozara en la plenitud del amor–, y pide un cenicero. Es un milagro esta presencia; es una pócima; es un remedio Geraldina: ya no siento ningún quemón en la rodilla, desaparece el cansancio de los pies, podría correr.

La acecho desde aquí: sin apoyar la espalda en la silla, las rodillas juntas pero las pantorrillas separadas, se despoja lentísima de las sandalias, las sacude del polvo, con rara delicadeza, inclina su cuerpo todavía más: descubre su cuello como una espiga; los niños reciben voluptuosos el jugo de curuba, sus labios sorben, ruidosos, con sed, mientras la noche fulgura alrededor y yo levanto mi taza y finjo que bebo el café: Geraldina, desnuda la mañana anterior, se presenta esta noche vestida: un vaporoso vestidito lila la desnuda de otra manera, o la desnuda más, si se quiere; me redime vestida o con su desnudez, si está desnuda su otra desnudez, el último entreveramiento de su sexo, ojalá su pliegue más recóndito al abrirse al caminar, toda la danza en la espalda, el corazón batiendo solemne en su pecho, el alma en las nalgas que se repasan, no pido otra cosa a la vida sino esta posibilidad, ver a esta mujer sin que sepa que la miro, ver a esta mujer cuando sepa que la miro, pero verla, mi única explicación de seguir vivo: recuesta su cuerpo al espaldar, sube una pierna encima de la otra y enciende un cigarrillo, sólo ella y yo sabemos que la miro, y no dejan mientras tanto de parlotear mis antiguas alumnas, ¿qué dicen?, imposible escuchar, los niños acaban el jugo de curuba, piden permiso para encargar otro jugo y desaparecen tomados de la mano en la tienda, sé que no quisieran volver jamás, que si de ellos dependiera huirían tomados de la mano hasta la última noche de los tiempos, ahora Geraldina descruza otra vez las piernas, se inclina hacia mí, imperceptible, me examina, sólo por un segundo sus ojos como un aviso velado me tocan y comprueban definitivamente que sigo mirándola, acaso se asombra con franqueza de semejante desproporción, tal adefesio, que alguien, yo, a esta edad, ¿pero qué hacer?, toda ella es el más íntimo deseo porque yo la mire, la admire, al igual que la miran, la admiran los demás, los mucho más jóvenes que yo, los más niños –sí, se grita ella, y yo la escucho, desea que la miren, la admiren, la persigan, la atrapen, la vuelquen, la muerdan y la laman, la maten, la revivan y la maten por generaciones.

Escucho de nuevo la voz de las señoras. Geraldina ha abierto la boca y da un gritito de asombro sincero. Por un instante separa las rodillas, que esplendecen de amarillo a la luz de las bombillas; aparecen los muslos apenas cubiertos por su escaso vestido de verano. Yo acabo con la última gota de café: distingo, sin lograr disimularlo, en lo más hondo de Geraldina, el pequeño triángulo abultado, pero el deslumbramiento es maltratado por mis oídos que se esfuerzan por confirmar las palabras de mis antiguas alumnas, de lo horrible, claman, que fue el hallazgo del cadáver de una recién nacida esta mañana, en el basurero, ¿de verdad dicen eso?, sí, repiten: «Mataron una recién nacida» y se persignan: «Descuartizada. No hay Dios». Geraldina se muerde los labios: «Mejor pudieron dejarla en la puerta de la iglesia, viva», se queja, qué voz bellamente cándida, y pregunta al cielo: «¿Por qué matarla?». Así hablan, y, de pronto, una de las alumnas, ¿Rosita Viterbo?, que yo nunca advertí que me estuviera mirando mirar a Geraldina (seguramente porque mi mujer tiene razón y ya no logro la discreción de otros años, ¿estaré babeando?, Dios, me grito por dentro: Rosita Viterbo me vio padecer los dos muslos abiertos mostrando adentro el infinito), Rosita se acaricia la mejilla con un dedo y se dirige a mí con relativa sorna, me dice:

–¿Y usted qué piensa, profesor?

–No es la primera vez –alcanzo a decir–, ni en este pueblo, ni en el país.

–Seguro que no –dice Rosita–. Ni en el mundo. Eso ya lo sabemos.

–A muchos niños, que yo me acuerde, sus madres los mataron ya nacidos; y alegaron siempre lo mismo: que fue para impedirles el sufrimiento del mundo.

–Qué horrible eso que usted dice, profesor –se rebela Ana Cuenco–. Qué infame, y perdóneme. Eso no explica, no justifica ninguna muerte de ningún niño acabado de nacer.

–Nunca dije que lo justifica –me defiendo, y veo que Geraldina ha unido de nuevo sus rodillas, estruja el cigarrillo en el piso de tierra, ignorando el cenicero, repasa las dos manos largas por el pelo que hoy lleva recogido en un moño, resopla sin fuerzas, espantada seguramente de la conversación, ¿o hastiada?

–Qué dolor de mundo –dice.

Los niños, sus niños, se reúnen con ella, uno a

cada lado, como si la protegieran, sin saber exactamente de qué. Geraldina paga a Chepe y se incorpora afligida, igual que bajo un peso enorme –la conciencia inexplicable de un país inexplicable, me digo, una carga de poco menos de doscientos años que no le impide sin embargo estirar todo su cuerpo, empinar los pechos detrás del vestido, bosquejar una sonrisa incierta, como si se relamiera los labios:

–Pero vámonos donde Hortensia –ruega con un quejido–, se nos hizo de noche.

Y me observa Rosita Viterbo, la antigua alumna, de una cierta manera distraída:

–¿Usted no viene, profesor?

–Iré más tarde –digo.

No fui, en definitiva, a visitar este año a Hortensia Galindo.

Me despedí de Chepe y doblé por otra esquina, camino de la casa de Mauricio Rey. He confundido las calles y desemboco en la orilla del pueblo, cada vez más oscura, moteada de inmundicias y basuras –antiguas y recientes–, especie de acantilado donde me asomo: hará unos treinta años que no venía por aquí. ¿Qué es, qué brilla, allá abajo, igual que una cinta plateada? El río. Antes, podía ocurrir todo el verano del infierno, y era un torrente. En este pueblo entre montañas no hay un mar, *había* un río. Hoy, disecado por cualquier pálido verano, es un hilillo que serpentea. Eran otros días cuando a los recodos más abundantes de sus aguas, en pleno verano, no sólo íbamos a pescar: inmersas y desnudas hasta el cuello las muchachas sonreían, secreteaban, y se dejaban flotar en el agua transparente –que no dejaba de mostrarlas, difuminadas–. Pero después brotaban más reales y furtivas, en punta de pies, mirando a uno y otro lado, extrañas aves dando largos saltos empinados mientras se secaban y vestían, veloces, escudriñando de vez en cuando entre los árboles. Pronto se tranquilizaban al creer que el mundo alrededor dormía: sólo el canto de un mochuelo, el canto de mi pecho en lo alto de un naranjo, el corazón del pueblo adolescente viéndolas. Porque había árboles para todos.

No hay luna por ninguna parte, de vez en cuando una bombilla, no hay una sombra viva en las calles, la cita en casa de Hortensia Galindo es toda una fecha, igual que si arribara la guerra a la plaza, a la escuela, a la iglesia, a tu puerta, cuando el pueblo entero se esconde.

Para llegar a casa de Rey he tenido que regresar a la tienda de Chepe y, desde ahí, reiniciar el camino –como si reiniciara el pasado–. Tengo que acordarme: la casa era una última al borde de una calle sin pavimentar, cerca de una fábrica de guitarras abandonada: después seguía el acantilado. La muchacha somnolienta que me abre la puerta me dice que Mauricio está enfermo y en cama, que no puede atender a nadie.

–Quién es. –Se oye desde adentro la voz de Mauricio Rey.

–Soy yo.

–Profesor, qué milagro, hay que hacer una rayita en el cielo. Usted conoce el camino.

¿De quién es hija esta muchacha? Parece que la veo y no la veo.

–¿De quién eres hija?

–De Sultana.

–Conozco a Sultana. Era algo traviesa, pero estudiaba. ¿Tú me conoces?

–Usted es el profesor.

–*Profesor Pasos, le decíamos* –grita Rey desde su cuarto–, *¿por qué no se tropieza?*

Es el más antiguo de mis alumnos, y uno de los pocos amigos, hoy. Allí, en su cama, barbado sesentón, a la luz amarilla del bombillo se ríe más desdentado que yo: no lleva puesto su puente, ¿no le da pena, con esta muchacha? Desde hace cuatro años, me dijo una vez, cuando ocurre la conmemoración y su mujer –su segunda mujer, porque es viudo– acude a condolerse de la desaparición de Saldarriaga, él se da por enfermo y se queda en su casa y hace con la muchacha que le tocó en suerte lo que durante un año no pudo hacer.

–¿Y cuáles son las noticias? –pregunta–. Yo lo pensaba en la fiesta, profesor.

–Cuál fiesta, por favor.

–La celebración, por lo de Saldarriaga.

–¿Celebración?

–Celebración, profesor, y perdóneme, pero ese Saldarriaga era, o es, si vive, un triple hijueputa.

–De eso no he venido a hablar.

–De qué, profesor, ¿no ve que estoy urgido?

La verdad es que ni yo mismo sé por qué he venido, ¿qué voy a inventar? ¿Es esta muchacha? ¿He venido hasta aquí para conocer a esta muchacha con el pelo recién acabado de desordenar?

–Me duele la rodilla –se me ocurre decir a Rey.

–Es la vejez, profesor –grita con un estampido–, qué se creyó usted, ¿inmortal?

41

Descubro que está borracho. A su lado, en el piso, yacen desperdigadas dos o tres botellas de aguardiente.

–Pensé que solamente te dedicabas a enfermar –le digo, señalando las botellas.

Se ríe y me ofrece una copa, que yo rechazo.

–Váyase, profesor.

–¿Me echas?

–Váyase donde el maestro Claudino, y me cuenta. Le curará la rodilla.

–¿Vive todavía?

–Salúdelo de mi parte, profesor.

La muchacha me acompaña a la puerta: serena en su incipiente lujuria, fastuosa de inocencia, se desabotona la blusa mientras tanto, para ganar tiempo.

Yo era un niño todavía cuando conocí a Claudino Alfaro. Vive, entonces. Si yo tengo setenta, él debe ir por los cien, o casi, ¿por qué me olvidé de él?, ¿por qué él se olvidó de mí? En lugar de confiarme al médico Orduz, Mauricio Rey me recordó al maestro Alfaro, que yo daba por más que muerto, pues ni siquiera lo recordaba, ¿dónde he existido estos años? Yo mismo me respondo: en el muro, asomado.

Y salgo del pueblo, un incauto debajo de la noche, camino de la cabaña del maestro Alfaro, curandero. Me azuza, además, otra vez, el dolor en la rodilla.

Vive, de modo que vive, como yo, me digo, mientras me alejo por la carretera. Las últimas luces del pueblo desaparecen con la primera curva, la noche se hace más grande, sin estrellas. Continuará viviendo mientras cura: pone a sus pacientes a orinar en una botella, después agita la botella, y lee, al trasluz, las enfermedades; endereza músculos, pega huesos. «Vive como yo creo que vivo» me digo, y asciendo por la montaña del Chuzo, siguiendo el camino de herradura. He debido detenerme a descansar en varias ocasiones. La última de ellas me doy por vencido y decido regresar; descubro de pronto que tengo que arrastrar la pierna, para avanzar. Fue un error este paseo, me digo, pero marcho cuesta arriba, de piedra en piedra. A una vuelta del camino, ya metido en la invisible selva de la montaña, me rindo y busco donde reposar. No hay luna, la noche sigue cerrada; no veo a un metro de mí, aunque sé que voy a medio camino: la cabaña del maestro está detrás de la montaña, no en su cima, que hoy no alcanzaría nunca, sino orillando la mitad de su altura. Encuentro una saliente de tierra, al fin, y allí me siento. Encima de la rodilla la hinchazón se me ha puesto del tamaño de una naranja. Estoy empapado en sudor, como si hubiese llovido; no hay viento, y, sin embargo, escucho que algo o alguien pisa y troncha las hojas, el chamizo. Me paralizo. Trato de adivinar entre la mancha de los arbustos. El ruido se acerca, ¿y si es un ataque? Puede suceder que la guerrilla, o los paramilitares, hayan decidido tomarse el pueblo esta noche, ¿por qué no? El mismo capitán Berrío debe encontrarse en casa de Hortensia, principal invitado. Los ruidos cesan, un instante. La expectación me hace olvidar el dolor en la rodilla. Estoy lejos del pueblo, nadie me oye. Lo más probable es que disparen y, después, cuando ya esté muriendo, vengan a verme y preguntar quién soy –si todavía vivo–. Pero también pueden ser los soldados, entrenando en la noche, me digo, para tranquilizarme. «Igual», me grito, «me disparan igual.» Y, en eso, con un estallido de hojas y tallos que se parten, percibo que algo, o alguien, se abalanza encima de mí. Grito. Extiendo los brazos, las manos abiertas, para alejar el ataque, el golpe, la bala, el fantasma, lo que sea. Sé que de nada servirá mi gesto de vencido, y pienso en Otilia: «Esta noche no me encontrarás en la cama». No sé desde cuándo he cerrado los ojos. Algo me toca en los zapatos, me husmea. El enorme perro pone sus patas en mi cintura, se estira, y ahora me lame en la cara como un saludo. «Es un perro», me digo en voz alta, «es sólo un perro, gracias a Dios», y no sé si estoy a punto de reír, o llorar: como que todavía quiero la vida.

–Quién es. Quién anda ahí.
La voz igual: un viento ronco, alargado:
–Quién es.
–Soy yo. Ismael.
–Ismael Pasos. Entonces no te has muerto.
–Creo que no.
De modo que ambos pensábamos lo mismo: que estábamos muertos.
Sólo puedo verlo cuando está a un paso de mí.

44

Lleva una especie de sábana alrededor de la cintura; todavía tiene el pelo como de viruta de algodón; puedo entrever el brillo de sus ojos en la noche; me pregunto si él distinguirá mis ojos, o si sólo sus ojos alumbran en la noche cerrada. El incomprensible miedo que me causó de niño vuelve otra vez, efímero, pero miedo al fin; me incorporo y siento su mano en mi brazo, de alambre, tan delgada como férrea. Me sostiene.

–Qué pasa –dice–. Tienes dolor de pierna.

–La rodilla.

–A ver.

Ahora sus dedos de alambre rozan mi rodilla:

–Tenía que suceder esto para que vinieras a verme, Ismael. Un día más y no puedes caminar. Ahora la rodilla tendrá que deshincharse, primero. Subamos.

Quiere ayudarme a subir. Me avergüenzo. Él debe ir por los cien años.

–Todavía puedo solo.

–Sube, a ver.

El perro va delante de nosotros; lo escucho correr, cuesta arriba, mientras yo arrastro la pierna.

–Pensé que iban a matarme –le digo–. Pensé que era la guerra encima mío.

–Pensaste que te llegó la hora.

–Sí. Pensé estoy muerto.

–Eso pensé hace cuatro años.

Su voz se aleja, como su historia:

–Estaba en la hamaca, quitándome las alpargatas, ya era tarde, y se aparecieron: «Venga con nosotros» me dijeron. Les dije que no me importaba, que cuando quisieran, les dije que sólo pedía aguadepanela por las mañanas, «No rechiste», me dijeron, «nosotros le damos o no le damos, según se nos dé la gana.» Eso fue caminar a lo bruto; a toda carrera: como que ya los soldados los cercaban. «Y éste, quién es, por qué lo llevamos», se decía uno de ellos. *Ninguno me conoce*, pensé, y era que tampoco yo los conocía, jamás los vi en mi vida; tenían acento paisa; eran jóvenes y trepaban; yo les seguía el paso, cómo no. Quisieron salir de mi perro, que nos rondaba. «No disparen», les dije, «él me obedece. Tony, devuélvete» le rogué más que ordené, y señalé el camino a la cabaña, y este Tony bendito obedeció, para su suerte.

–¿Este mismo perro?

–Éste.

–Un perro obediente.

–Eso fue hace cuatro años, el mismo día que se llevaron a Marcos Saldarriaga.

–Quién iba a suponerlo, ¿el mismo día? Nadie me contó eso.

–Porque no se lo conté a nadie, para no meterme en problemas.

–Claro.

–Después de caminar toda la noche, ya cuando clareaba, nos detuvimos en ese sitio que llaman Las Tres Cruces.

–¿Hasta allá lo llevaron?

–Y allá lo vi, bien sentado en la tierra, a Marcos Saldarriaga. A él sí se lo siguieron llevando, a mí no.

–Y él, cómo se encontraba, qué dijo.

–Ni siquiera me reconoció.

La voz del maestro Alfaro se duele:

–Lloraba. Acuérdate que es, o era, bastante gordo, el doble de su mujer. Ya no podía con su cáscara. Le andaban buscando una mula, para transportarlo. Había también una mujer: *Carmina Lucero,* la panadera, ¿la recuerdas?, la de San Vicente, del pueblo de Otilia. Otilia la debe conocer, ¿qué hay de Otilia?

–Igual.

–Eso quiere decir que sigue bien. La última vez que la vi fue en el mercado. Compraba puerros, ¿cómo los prepara?

–Yo no me acuerdo.

–A la panadera también se la llevaron, la pobre.

–¿A Carmina?

–Carmina Lucero. Alguien me contó que se murió de cautiverio, a los dos años. Yo no sabía todavía quiénes eran, si guerrilla, si paras. Ni les pregunté. El que los mandaba regañó a los muchachos. Les dijo: «Pendejos, ¿pa qué se trajeron a este viejo? ¿Quién putas es?». «Dicen que es curandero» le dijo uno de ellos. *Luego sí me conocen,* pensé. «¿Curandero?» gritó el que mandaba, «lo que él quiere es un médico.» «¿Él?», pensé yo, «¿quién es él?» Tenía que ser alguien que mandaba al que mandaba, pensé. Pero en eso oí que el que mandaba les decía: «Larguen a este viejo». Y cuando dijo *larguen a este viejo* un muchacho me puso la boca del fusil en la nuca. Entonces sentí lo que tú hace poco, Ismael.

–Que estoy muerto.

–Por Dios que todavía me quedaron fuerzas para agradecer que no pusieran un machete en mi nuca, en lugar de ese fusil. ¿A cuántos no han tasajeado sin que después se les encuentre un tiro de gracia, por lo menos?

–A casi todos.

–A todos, Ismael.

–Debe ser más agradecido morir de un tiro que a machete, ¿cómo fue que no lo mataron?

–El que mandaba le dijo al muchacho: «No te dije que lo mueras, guevón», le dijo eso, gracias a Dios. «Está tan viejo que nos ahorra una bala, o el esfuerzo», dijo, «que se largue.» «En todo caso», le respondí, y todavía no sé por qué se me ocurrió abrir la boca, «si puedo ayudar en algo, no habré caminado en balde. ¿A quién hay que curar?» «A nadie, viejo. Lárguese.»

»Y me echaron.

»Ya empezaba a orientarme, para volver, cuando ordenaron de nuevo que regresara. Ahora los muchachos me llevaron donde el enfermo, el verdadero mandamás. Estaba algo lejos, metido en una tienda de campaña, acostado. Una muchacha, en traje militar, arrodillada, le cortaba las uñas de los pies.

»"¿Entonces?" me dijo el jefe al verme llegar, "usted es el curandero."

»"Sí señor."

»"Y cómo es que cura."

»"Haga traer una botella vacía, y orine en ella. Allí veré."

»El jefe pegó una carcajada. Pero al momento se puso serio.

»"Llévense a este esqueleto" gritó, "si lo que yo no puedo es orinar, carajo." Quise proponerle otro remedio, ya enterado de lo que ocurría, pero el hombre hizo un gesto con la mano y la misma muchacha que le cortaba las uñas me sacó de la tienda a culatazos.

–¿Y otra vez lo encañonaron?

–No –la voz del maestro se hizo amarga–: Ese jefe se perdió de que yo lo ayudara.

–¿Y qué pasó con Marcos Saldarriaga?

–Allá se quedó, llorando, él, un hombre tan orgulloso. Daba pena. Hay que fijarse, ni siquiera lloraba la panadera.

Yo me detengo. Quisiera quitarme la pierna, quisiera quitarme este dolor.

–Sube, sube, Ismael –me dijo riendo el maestro–, ya casi llegamos.

Por fin la cabaña apareció a una vuelta del camino, a la luz de una vela que temblaba en la única ventana, justo cuando yo ya iba a derrotarme en la tierra, dormir, morir, olvidarme, lo que fuera, con tal de no sentir la rodilla. Me hizo acostar en la hamaca y se metió a la cocina. Yo lo veía. Puso a hervir unas raíces en la estufa de leña. Me toqué la cara: pensé que sudaba por el calor. No era el calor. A esa hora, en la noche, en la montaña –una de las más altas de la serranía, hace frío. Tenía fiebre. El perro no dejó que me durmiera, lamía el sudor de mis manos, ponía su pata en mi pecho, veía sus ojos alrededor como dos llamas que chispeaban. El maestro me puso un emplasto en la rodilla, y lo ajustó con un trapo.

–Ahora tendremos que esperar –dijo–, una hora, por lo menos. ¿Sabe Otilia que subiste?

–No.

–Ay, te va a regañar, Ismael.

Y me dio a beber una totuma de guarapo.

–Está fuerte –dije–, prefiero un café.

–Ni modo. Tendrás que beberlo obligado, para que se te duerma el alma y no sientas.

–Me emborracharé.

–No. Sólo vas a dormir despierto, pero tendrás que bebértelo de un sorbo, no a pedacitos.

Bebí la totuma con fe. No sé cuánto tiempo pasó, ni cuándo el dolor desapareció, igual que la hinchazón. El maestro Claudino miraba la noche, en cuclillas. De una de las paredes colgaba su viejo tiple. El perro se hallaba dormido, enroscado a sus pies.

–Ya no me duele –dije–, ya puedo irme de aquí.

–No, Ismael. Falta lo mejor.

Y trajo un butaco al lado de la hamaca y allí me hizo acomodar la pierna, estirada. Después se puso a horcajadas encima de la pierna, pero sin apoyarse en ella, sólo aprisionándola entre sus rodillas.

–Si quieres muerde un pedazo de tu camisa, Ismael, que no te escuches gritar –y yo me escalofrié, al recordar sus curaciones, que alguna vez presencié, pero nunca experimenté en carne propia: cuellos, tobillos, dedos, codos dislocados, espaldas desviadas, piernas tronchadas, y recordé la fuerza de los gritos de los pacientes, que parecía derrumbar las paredes. Apenas hube mordido la manga de mi camisa los dedos de alambre ya se posaban como picos de pájaro encima de mi rodilla, la recorrían, al tacto, la reconocían y, de pronto, se apretujaron, agarraron el hueso o los huesos y no supe cuándo ni cómo abrieron y cerraron la rodilla como si unieran las partes de ese rompecabezas de huesos y cartílagos que era mi rodilla, que soy yo, peor que el dentista, alcancé a pensar, y mordí la camisa y aún así mi grito se oyó.

–Ya está –dijo.

Yo lo miraba aturdido, la fiebre temblando.

–Debo tomar otro guarapo.

–No.

El dolor había desaparecido, no existía ningún dolor. Con mucho tiento empecé a bajar de la hamaca, y, todavía sin creerlo, apoyé la pierna en la tierra. Nada. Ningún dolor. Caminé, de aquí para allá, de allá para aquí.

–Es un milagro –dije.

–No. Soy yo.

Tuve ganas de trotar, igual que el potrillo que se levanta al fin.

–Todavía ten cuidado, Ismael. Tienes que dejarla

descansar tres días, y que los huesos se peguen. Procura bajar despacito, no te aproveches.

—Cuánto le debo, maestro —y, de nuevo, no sabía si iba a llorar o reír.

—Tráete una gallina, cuando estés bien curado. Hace tiempos que no pruebo un sancocho, que no hablo con un amigo.

Me fui bajando pausado por el camino de herradura. Ningún dolor. Volteé a mirar: el maestro Claudino y su perro me contemplaban inmóviles. Les dije adiós con la mano, y seguí.

Me esperaba, sentada en su silla, a la puerta de la casa. Era más de medianoche y no había una luz encendida.

–Tarde o temprano ibas a regresar –me dijo.

–¿Cómo estuvo eso, Otilia? ¿De qué me perdí?

–De todo.

Ni siquiera me preguntó dónde me encontraba. Tampoco yo quería hablar del maestro y mi rodilla. Encendió la luz de la habitación y nos recostamos en la cama, encima de las cobijas. Me había pasado un plato de lechona y una taza de café.

–Para que no te duermas –dijo. Y aclaró–: La lechona te la envía Hortensia Galindo. Tuve que excusarte, decir que estabas enfermo, que las piernas te dolían.

–La rodilla izquierda. –Y empecé a comer, con hambre.

–No fue el padre Albornoz –me dijo–. No fue donde Hortensia. Y a nadie le importó. Llegaron el alcalde, sin su esposa, sin sus hijos, el médico Orduz, el capitán Berrío, Mauricio Rey, borracho pero tranquilo.

–¿Y los jóvenes? ¿Hicieron fiesta los jóvenes?

–No hubo fiesta.

–¿De verdad? ¿No bailaron las muchachas?

–No había una sola muchacha en el patio. En este último año se fueron.

–¿Todas?

–Todas y todos, Ismael. –Me miró con reconvención–. Lo más sensato que pudieron hacer.

–No les irá mejor.

–Tienen que irse para averiguarlo.

Otilia fue a la cocina y regresó con otra taza de café. Ya no se acostó a mi lado. Se dedicó a beber café y mirar por la ventana, sin mirar. ¿Qué podía mirar? Era la noche; se oían solamente las chicharras alrededor.

–Y se presentó –dijo.

–Quién.

–Gloria Dorado.

La aguardé. Y ella, por fin:

–Con una carta que había recibido hace dos años de Marcos Saldarriaga, se apareció a decir que pensaba que acaso esa carta serviría para su liberación. Y la puso encima de una mesa.

–¿De una mesa?

–Enfrente de Hortensia Galindo, que la recogió. «No soy capaz de leer esto yo misma», dijo Hortensia al recogerla. Pero leyó en voz alta: «*Me llamo Marcos Saldarriaga. Ésta es mi letra*».

–¿Leyó eso?

–«Reconozco su letra», dijo Hortensia.

–¿Y? ¿Nadie dijo nada?

–Nadie. Ella simplemente siguió leyendo. Era como si ella misma se escuchara, sin poder creerlo, pero creyéndolo a la fuerza. En esa carta Marcos Saldarriaga pedía a Gloria Dorado, nada más ni nada menos, que no permitiera jamás que Hortensia se hiciera cargo de su liberación. «Hortensia quisiera verme muerto» leyó la misma Hortensia Galindo, sin que se le quebrara la voz. Tuvo fuerzas para leerlo.

–Carajo.

–Leyó las palabras de un loco, eso creí, al principio. Ni siquiera a un loco se le ocurriría buscarse enemigos de semejante manera, empezando por su mujer. En esa carta Marcos habló mal hasta del padre Albornoz, sepulcro blanqueado, lo llamó, dijo que todos querían verlo muerto, desde el hipócrita de Mauricio Rey hasta el alcalde, traidor de su pueblo, pasando por el general Palacios, ese criador de pájaros, lo llamó, y el médico Orduz: tegua, cabezón. Le rogaba a Gloria Dorado no permitir que sus coterráneos abogaran por su liberación, pues ocurriría lo contrario, harían las cosas al revés, y tan al revés que tarde o temprano aparecería muerto en cualquier carretera.

–Pues todavía no ha aparecido, ni muerto ni vivo.

–Y Hortensia todavía leyó, sin que se le quebrara la voz: «Que se lea esto en público, para que el mundo sepa la verdad, me quieren matar, tanto los que me tienen prisionero como los que dicen que me quieren liberar». Esto último me lo grabé yo en mi memoria porque fue ahí cuando me di cuenta que Marcos ya se daba por muerto, que no estaba loco y decía las cosas de verdad, con la verdad que sólo da la desesperación, como las dice el que sabe que va a morir, ¿para qué mentir?, el hombre que miente a la hora de morir no es un hombre.

—Y nadie dijo nada, cómo es que nadie dijo nada.

—Todos querían oír cosas peores.

Oímos el zumbido de un insecto por la habitación; rodeaba el bombillo encendido, cruzó por entre nuestras miradas, se posó encima del crucifijo de la cama, después en la cabeza del antiguo San Antonio de madera, especie de altar en una esquina, y al fin desapareció.

—Yo también estoy algo conforme, te confieso, de que Marcos Saldarriaga haya desaparecido —me atreví a decirle a Otilia.

—Hay cosas que no debemos decir en voz alta, ni siquiera a los que más nos quieren. Son las cosas que hacen que las paredes oigan, Ismael, ¿me entiendes?

Yo me reí.

—Esas cosas las sabe el mundo, mucho antes que las paredes —le dije.

—Pero es imperdonable decirlas. Se trata de la vida de un hombre.

—Te confieso lo que pienso, que es lo que piensa el mundo, aquí, aunque nadie en el mundo se merece esa suerte, eso es despiadado.

—Eso no tiene nombre —dijo ella.

Empecé a desvestirme, hasta quedar en calzoncillos. Ella me miraba con atención.

–Qué –le dije–, ¿te gustan las ruinas?

Y me metí debajo de las cobijas y le dije que me quería dormir.

–Así eres –dijo–, dormir, mirar, y dormir. ¿No quieres oír qué hizo Geraldina, tu vecina?

Fingí despreocupación. Pero eso me sacudió:

–Qué hizo.

–Se llevó a los niños. Se fue.

Otilia me examinaba con mucha más atención:

–Antes de irse tuvo tiempo de hablar, eso sí.

–Qué dijo.

–Que era una vergüenza que Gloria Dorado, a estas alturas, después de dos años de recibir una carta, se apareciera a entregarla, cuando ya no venía al caso. Era muy dura la situación de Marcos Saldarriaga, dijo, no estaba en sus cabales, ¿quién puede estarlo, prisionero de la noche a la mañana, por gente que ni conoce, sin que se sepa por cuánto tiempo, acaso hasta morir?, lo que decía Marcos eran sólo intimidades, malentendidos, disgustos de pareja, desesperaciones, y ya no era prudente traer una carta semejante a una mujer tan lastimada como Hortensia. «Se ha cumplido con lo que él pide», la interrumpió Gloria Dorado, «leerla en público. Por dos años no la mostré porque me parecieron duras las cosas que escribió, y hasta injustas. Pero veo que debí hacerlo antes, porque es muy posible que lo que él dice sea cierto, que aquí nadie quiere su liberación, ni siquiera el padre Albornoz.» «Infame» le gritó en eso Hortensia Galindo. Nadie supo cuándo había dado un salto hacia Gloria, las manos

57

adelante, como si quisiera agarrarla por el pelo, pero tuvo la mala suerte de enredarse y caer y rebotar con todo lo gorda que es a los pies de la Dorado, que gritó: «Estoy segura que en este pueblo sólo yo quiero ver libre a Marcos Saldarriaga, ladrones». Fueron a ayudar a Hortensia a incorporarse Ana Cuenco y Rosita Viterbo. Ningún hombre se adelantó; o estaban más asustados que nosotras o pensaban que eso era cosa de mujeres, «Que se vaya de mi casa» gritó Hortensia, pero la Dorado no se iba. «¿No la oyó?, váyase» gritó Rosita Viterbo, y la Dorado no se movió. Entonces Ana y Rosita se le fueron encima; cada una la agarró por un brazo y se la llevaron hasta la puerta que da al patio; una vez allí la empujaron y cerraron.

–¿Eso hicieron?

–Ellas solas. –Otilia suspiró–. A Dios gracias –dijo–, Gloria no se apareció con su hermano, que no lo hubiese permitido. Con sólo un hombre que se metiera se metían más, y las cosas pasaban a peores.

–A tiros.

–Así son de estúpidos los hombres –dijo mirándome fijamente y sin evitar una sonrisa. Pero al momento su rostro se paralizó–: Qué tristeza: Ana y Rosita empezaron a repartir los platos de lechona: daba pena Hortensia Galindo en su silla, el plato en sus rodillas, sin probar bocado. Vi sus lágrimas caer en el plato. Comían a su lado sus mellizos, despreocupados. Nadie la pudo consolar, y pronto se olvidaron de hacerlo.

–Culpa de la lechona –dije–. Demasiado sabrosa.

—No seas cruel. A veces me pregunto si de verdad sigo viviendo con Ismael Pasos, o con un desconocido, un monstruo. Es mejor creer que todos sufrieron como yo, Ismael, y se entristecieron. Nadie pidió otra copa. Todo sin música, como le hubiera gustado al padre Albornoz. Comieron y se fueron.

—No soy cruel. Te repito que me duele que cualquier hombre sea retenido en contra de su voluntad, tenga lo que tenga, o no tenga lo que no tenga, porque también se están llevando a los que no tienen, mejor dicho esto está de desaparecer primero uno, voluntariamente, para que no nos desaparezcan a la fuerza, que debe ser mucho peor. Agradezco mi edad, a medio paso de la tumba, y compadezco a los niños, que les aguarda un duro trecho por recorrer, con toda esta muerte que les heredan, y sin que tengan la culpa. Pero comparada con la suerte de Marcos Saldarriaga me duele más la suerte de Carmina Lucero, la panadera. También a ella se la llevaron, el mismo día.

—Carmina —gritó mi mujer.

—Hoy me enteré.

—Nadie nunca nos contó.

—Sólo se habló de Marcos Saldarriaga.

—Carmina —repitió mi mujer. Y vi que empezaba a llorar, ¿por qué hablé?

—Quién te dijo —me preguntó con un sollozo.

—Acuéstate primero —le respondí. Pero ella seguía allí, atónita.

—Quién —dijo.

59

–El maestro Claudino. Hoy me arregló la rodilla. Quedé de llevarle una gallina.

–Una gallina –me dijo sin entender. Después añadió, extrañamente, porque tenemos dos gallinas, mientras apagaba la luz y se acostaba a mi lado–: Y cómo la comprarás.

No esperó a que yo respondiera, se puso a hablar de Carmina Lucero, nunca había conocido una mujer más buena, y se acordó del esposo de Carmina y sus hijos, cuánto habrán de sufrir, dijo, «Cuando las cosas en mi casa no iban bien Carmina nos fiaba todo el pan que quisiéramos», de tanto en tanto oía su queja desvanecerse en el aire caliente que respirábamos, justo cuando yo ya creía que el sueño reparador venía a ayudarnos, y era que nos encontrábamos más que rendidos gravitando en una cama en un pueblo en un país en el suplicio y yo no me atrevía aún a revelarle que Carmina ya estaba muerta de cautiverio desde hacía dos años, era igual: esa noche ninguno de los dos podría dormir.

¿A qué seguir tendido? Amanece y salgo de la casa: vuelvo otra vez sobre mis pasos, hasta el acantilado. En la montaña de enfrente, a esta hora del amanecer, se ven como imperecederas las viviendas diseminadas, lejos una de otra, pero unidas en todo caso porque están y estarán siempre en la misma montaña, alta y azul. Hace años, antes de Otilia, me imaginaba viviendo en una de ellas el resto de la vida. Nadie las habita, hoy, o son muy pocas las habitadas; no hace más de dos años había cerca de noventa familias, y con la presencia de la guerra –el narcotráfico y ejército, guerrilla y paramilitares– sólo permanecen unas dieciséis. Muchos murieron, los más debieron marcharse por fuerza: de aquí en adelante quién sabe cuántas familias irán a quedar, ¿quedaremos nosotros?, aparto mis ojos del paisaje porque por primera vez no lo soporto, ha cambiado todo, hoy –pero no como se debe, digo yo, maldita sea.

Bordeando el acantilado un cerdo camina hacia mí, husmeando en la tierra. Se detiene un instante a mis pies, levanta el hocico, resopla, gruñe, pone sus ojillos en mis zapatos: ¿de quién es este cerdo?, por todo el pueblo, de tanto en tanto, un cerdo o una gallina se pasean, sin señal de dueño. Es posible que sea yo quien haya olvidado los nombres de los dueños de los cerdos; antes los distinguía. ¿Y si llevara este cerdo al maestro Claudino, en lugar de una gallina? Oigo un grito en la madrugada, y después un tiro. Es arriba, en la esquina. Allí el estampido ha formado una negra fumarola. Una sombra blanca cruza corriendo, de esa esquina a la otra. No se oye más, sino los pasos precipitándose hasta desaparecer. Hoy madrugué temprano, irse, irse es mejor, no se puede en estos días pasear tranquilo; oigo ahora mis pasos que suenan uno detrás de otro, cada vez más rápido, con rumbo definido, ¿qué hago yo aquí, a las cinco de la mañana? Descubro que la ruta de mi casa es la misma de la sombra que corría, me detengo, no es prudente seguir detrás de las sombras que huyen, no se oyen más tiros, ¿cosa de particulares?, puede ser: no parece la guerra, es *otra* guerra: alguien descubrió a alguien robando, alguien simplemente descubrió a alguien, ¿quién?, sigo caminando, me detengo, escucho: nada más, nadie más. La rodilla: «Tienes que dejarla descansar tres días» me advirtió el maestro Claudino, y yo de abajo arriba, ¿volverás a dolerme, rodilla?, no, mis pasos sin dolor van por las esquinas, estoy curado, qué verguenza era ese dolor, Otilia, qué premonición, qué equivocación, que nadie me falte cuando muera, pero que nadie me ayude a orinar, Otilia, muérete después de mí.

Avanzo sin saber adónde, en dirección contraria a

la sombra, lejos del disparo; mejor un sitio donde sentarse a ver amanecer en San José, aunque haría falta otro guarapo para este otro dolor como por dentro del aire de uno, ¿qué es?, ¿será que voy a morir?, suenan más tiros, ahora son ráfagas –me paralizo, son lejanas: de modo que no era *otra* guerra, *es* la guerra de verdad, nos estamos volviendo locos, o nos volvimos, ¿adónde vine a caer?, es la escuela: la costumbre me ha traído.

–Profesor, madrugó a enseñar.

Es Fanny, ¿quién era Fanny? La portera. Más pequeña que antes, el mismo delantal de hace siglos. ¿No me escabullí en su catre, hace más de muchos años, no la olí? Sí. Olía a aguadepanela. Y se ha pintado de blanco la cabeza. Sigue viviendo aquí, pero hoy ninguno de sus hijos la acompaña, qué digo, sus hijos deben estar ya viejos, se habrán ido, me acuerdo de su marido: murió joven, regresaba de unas fiestas patronales; cayó a un barranco y su mula cayó encima de él.

–Profesor, parece que hoy o ayer se llevaron a alguien.

Sus ojos siguen igual de iluminados, como cuando la olí, pero su cuerpo se despedaza peor que el mío. Y dice:

–Mejor váyase a su casa.

–Para allá voy.

Y cierra la puerta, sin más: no se acordará de lo que yo me acuerdo. Reinicio de nuevo el rumbo a mi casa, al otro lado del pueblo. Estoy lejos; cuánto me alejé, ¿a qué horas?, simplemente no quería seguir la ruta de la sombra que corría. Ahora puedo volver, ya la sombra se habrá ido, creo, y creo volver pero en la plaza me detienen los soldados, me conducen, encañonándome, con un grupo de hombres sentados en las gradas de la iglesia. Nos conocemos, allá veo a Celmiro, más viejo que yo: un amigo dormitando. Algunos me saludan. Detenido. Hoy Otilia no se aburrirá con mis noticias. Veo alumbrar el amanecer, que baja del pico de las montañas igual que sábanas flotantes; el clima es fresco todavía, pero da campo, minuto a minuto, al recalcitrante calor, si tuviera una naranja en mi mano, si la sombra del naranjo, si Otilia se asomara a sus peces, si los gatos.

Un soldado nos pide la cédula, otro verifica el número en la pantalla de un aparato portátil. Empiezan a salir de sus casas los que dormían en San José. Saben muy bien que somos los infortunados que madrugaron. Nos tocó. A los madrugadores nos interrogan: por qué madrugó hoy, qué hacía en la calle. Se pueden ir sólo algunos, más o menos la mitad: un soldado leyó una lista de nombres: «Éstos se van», dijo, y me quedé pasmado: no escuché mi nombre. En todo caso me voy con los que se van. Una suerte de enfado, indiferencia, me ayuda a pasar por entre los fusiles sin que nadie repare en mí. De hecho, a mí ni siquiera me miran. El viejo Celmiro, más viejo que yo, un amigo, sigue mi ejemplo: a él tampoco lo mencionaron, y eso lo mortifica: «¿Qué pasa con éstos?», me dice, «¿qué podríamos tener pendiente nosotros?, mil mierdas». Se queja de que ninguno de sus hijos ha venido a buscarlo, a enterarse de su suerte. Y escuchamos protestar a Rodrigo Pinto, joven y preocupado; protesta débilmente; estruja su sombrero blanco entre las manos; es un vecino de vereda, vive en la montaña, relativamente lejos de nuestro pueblo, pero sigue y seguirá detenido quién sabe hasta cuándo; no le permiten ir a su casa, que está al frente, en mitad de la otra montaña; nos dijo que tiene a su mujer embarazada, a sus cuatro hijos solos y esperándolo; vino al pueblo a comprar aceite y panela, pero no se atreve a seguir mi ejemplo y el de Celmiro: no es tan viejo como nosotros para cruzar el cerco, inadvertido.

Han sido tres o cuatro largas horas mirándonos, más resignados que inconformes. Ocurre siempre, cuando sucede algo y uno madruga más de la cuenta. A los que quedan los suben en un camión del ejército; seguramente van a interrogarlos con detalle, en la base. «Fue uno que se llevaron», comentan los parroquianos, ¿a quién se llevaron esta vez?, nadie lo sabe, y tampoco nadie se muere por averiguarlo; que se lleven a alguien es un asunto común y corriente, pero resulta delicado averiguar demasiado, preocuparse en exceso; algunas mujeres, durante lo que demoró nuestra detención, vinieron a hablar con sus hombres. Otilia no vino, seguirá durmiendo, soñará que duermo a su lado, y ya es mediodía, como para no creerlo, ¿a qué horas pasó el tiempo? Pasó igual, pasó, igual que siempre.

–¿Y, profesor? Usted también en la duermevela.

–No supe que estuviera conmigo –respondo.

–No estaba. Lo miraba, simplemente. No quise importunarlo, profesor, para no molestar. Parecía soñándose con los angelitos.

Y viene hacia mí, abriéndose de brazos, el médico Gentil Orduz, sus gafas cuadradas relampaguean al sol, su camisa blanca.

–Yo no estaba detenido –me informa–, pero usted es tan chistoso, daba una gracia mirarlo, profesor, ¿cómo no se rebeló? Dígales yo soy el profesor Pasos, y listo, lo dejarán pasar de inmediato.

–Estos muchachos no me conocen.

Enfrento, asediándome, el rostro satisfecho, rojizo, saludable. Me palmea en los hombros.

–¿Sí supo? –dice–. Se llevaron al brasilero.

El brasilero, me repito.

Con razón no acudió a lo de Hortensia Galindo, Otilia no habló de él, ¿no fue su caballo el que vi solo, ensillado, trotando al desgaire en la noche, a mi regreso de donde el maestro Claudino?

–Se veía venir, ¿cierto? –me pregunta el médico Orduz–. Vámonos a beber una agria, profesor, ¿o prefiere decir amarga? Déjeme invitarlo, uno se siente bien a su lado, ¿por qué será?

Nos acomodamos en el corredor que da a la calle. «Otra vez la tienda de Chepe», me digo, «El destino.» Chepe nos saluda desde la mesa opuesta, con su mujer, que está encinta. Ambos se toman un caldo de gallina. Qué no daría por un caldo, en lugar de una cerveza. Chepe rezuma alegría, vigor. A fin de cuentas ya viene su primer hijo, el heredero. Hace unos años a Chepe lo secuestraron, pero pudo escapárseles en poco tiempo: se derrumbó él mismo por el abismo, se escondió en un agujero de la montaña, durante seis días: lo cuenta con mucho orgullo, y riéndose, como si se tratara de un chiste. La vida en San José retoma su curso, en apariencia. Hoy no es Chepe sino una muchacha quien nos atiende, una margarita blanca alumbra en su negro cabello, ¿quién me dijo que se habían ido las muchachas de este pueblo?

–Debe ser su vejez –se responde el médico– lo que hace que uno a su lado se sienta en paz.

–¿Mi vejez? –me asombro–: la vejez no da paz.

–Pero hay paz en la sabiduría, ¿no, profesor?, usted es un venerable anciano. Ya el brasilero me hablaba de usted.

Yo me pregunto si lo dice con doble intención.

–Que yo sepa –digo– no es brasilero. Es de aquí, bien colombiano, del Quindío, ¿por qué le dirán brasilero?

–Eso profesor ni usted ni yo lo sabemos. Pregúntese mejor por qué se lo llevaron.

El médico Orduz debe frisar los cuarenta años, buena edad. Dirige el hospital hace unos seis. Soltero, no en vano tiene dos enfermeras y una médica muy joven que hace el rural a su cargo. Es un cirujano afamado en estos lugares. Practicó una delicada operación del corazón a un indio en plena selva, de noche, con éxito, y a palo seco, sin anestesia, sin instrumentos. Ha tenido suerte: las dos veces que la guerrilla quiso llevárselo se encontraba lejos de San José, en El Palo. Y la vez que llegaron a buscarlo los paramilitares alcanzó a esconderse en un rincón del mercado, metiéndose entero en un costal de mazorcas. Al médico Orduz no pretenden llevárselo para pedir rescate, dicen, sino usarlo como lo que él es, un gran cirujano. Su experiencia en San José le parece definitiva: «Al principio me asustaba tanta sangre a la fuerza» suele contar, «pero ya estoy acostumbrado». El médico Orduz ríe todo el tiempo, y más que Chepe. Sin ser de esta tierra, no ha querido irse, como otros médicos.

Su voz languidece, al susurro:

—Tengo entendido —dice— que el brasilero pagaba sus buenas vacunas, tanto a los paras como a la guerrilla, a escondidas, con la esperanza de que lo dejaran tranquilo, ¿y entonces?, ¿por qué se lo llevaron?, vaya usted a saber. Era un tipo precavido, y estaba a punto de marcharse con lo suyo. No alcanzó. Me dicen que encontraron en su hacienda todas sus vacas degolladas. Algún disgusto les debió dar, pero a quiénes.

Se abrió de brazos en el momento que la muchacha nos servía la cerveza.

—Doctor —grita Chepe desde su mesa. Su mujer levanta la cara al techo, ruborizada, inquieta. Orduz dirige los ojos grises a ellos—. Al fin lo decidimos —sigue Chepe—: queremos saber si será niño o niña.

68

–Ya mismo –responde Orduz, pero no se levanta de su silla. Sólo la corre para atrás y se quita los anteojos–. A ver, Carmenza, muéstreme esa barriga. Desde allí, así, de perfil.

Ella suspira. Y también corre la silla y se alza obediente la blusa, hasta el inicio de los senos. Es una barriga de siete u ocho meses, blanca, que despunta más en la luz. El médico se ha quedado observándola, detenidamente.

–Más de perfil –dice, y achica los ojos.

–¿Así? –Ella se mueve a un lado. Los pezones son grandes y oscuros, y mucho más grandes los pechos, repletos.

–Niña –les dice el médico, y vuelve a ponerse los anteojos. La muchacha que nos sirvió las cervezas lanza una exclamación, después una risita, y corre al interior de la tienda. La mujer de Chepe se baja la blusa. Se ha puesto repentinamente seria:

–Entonces se llamará Angélica –dice.

–Listo –se ríe Chepe, y da una palmada y se refriega las manos, inclinado a su plato.

Pasaba por la calle la tropa de soldados. Uno de esos muchachos se detuvo ante la mesa, desde el otro lado de la baranda de madera, y nos dijo con rabia que no podíamos beber, que había Ley Seca.

–Beber sí podemos –dijo el médico–, pero no nos dejan. Estese tranquilo, es sólo una cerveza, ya hablé con el capitán Berrío. Yo soy el doctor Orduz, ¿no me reconoce? El soldado se aleja, reticente, entre la mancha verde de los demás muchachos que no acaban de abandonar el pueblo, todos en formación, lentos, con la lentitud del que sabe que bien puede ir a la muerte. Para correr hacia delante necesitarían un grito del capitán Berrío a sus espaldas. Pero Berrío no se ve por ninguna parte. Son muy pocos, y muy distintos, los combatientes que corren por sí mismos a la muerte. Me parece que ya no existen; sólo en la historia. «Seguro que hoy un putas de ésos me va a matar», me dijo un día un muchacho. Se había detenido a mi puerta, y me pidió agua. Partían a enfrentar una avanzada. El miedo lo retorcía, estaba verde de pánico: con toda razón, porque era joven. *Me voy a morir*, dijo, y lo mataron, yo vi su cara rígida cuando lo trajeron, y no sólo a él: había otros tantos.

¿Adónde van ahora estos muchachos? Tratarán de liberar a un desconocido. Pronto el pueblo quedará sin soldados, por un tiempo. Yo me dedico a mirar la calle, mientras habla el médico enfrente mío. Las muchachas que no se han ido, porque no pueden, porque sus familias no tienen con qué o no saben cómo ni a quién remitirlas, son las más bellas, me parece, porque son las que se quedan, las últimas. Un grupo de ellas se aleja corriendo en dirección contraria a la tropa. Veo volotear sus faldas, oigo los gritos asustados, pero también, entre ellos, otros gritos, la excitación de una despedida a los soldados.

–Un solo batallón, en San José, contra dos ejércitos –me dice el médico. Y se queda contemplándome apesadumbrado, acaso dudando de que yo lo escuche. Lo escucho, ahora–: Estamos más indefensos que esta cucaracha –dice, y aplasta de un taconazo una enorme cucaracha que corría por el piso–. El alcalde tiene razón al pedir más efectivos.

Yo sigo observando el borrón de la cucaracha, un exiguo mapa en relieve.

–Bueno –digo–, las cucarachas sobrevivirán al fin del mundo.

–Si son extraterrestres –dice, y arroja una risotada, sin convencimiento. Y se queda mirándome más. Tiene, en todo caso, una sonrisa grande, permanente, en su cara. Ahora da un golpe de mano en la mesa–: ¿Usted no oyó al alcalde en la radio? También lo transmitieron por televisión, y dijo la verdad, dijo que San José sólo cuenta con un batallón de infantería de marina y el puesto de policía, y que eso es igual que nada, quedar en manos de los bandidos; dijo que si puede venir hasta aquí el ministro de Defensa, que venga, para que se dé cuenta de la situación en carne propia. Decir eso es tener cojones; lo pueden largar del puesto, por hablón.

¿Cómo seguirá la dulce Geraldina? Otilia se encontrará, seguramente, acompañándola. Un agua tibia me moja la pierna. Mi problema, de vez en cuando, es que me olvido de orinar. Debí consultarlo con el maestro Claudino. Y así es: me miro yo mismo: tengo ligeramente mojado el pantalón en la entrepierna, no fue del miedo, Ismael, ¿o sí?, no fueron esas ráfagas, la sombra que saltaba. No. Simple vejez.

—¿Me está oyendo, profesor?

—Me duele la rodilla —mentí.

—Venga el lunes al hospital, y la examinamos. Ahora estoy pendiente de otras cosas, ¿qué rodilla?, ¿la izquierda? Bueno, ya sabemos de qué pierna cojea. Me despido. Quiero oír, quiero ver a Geraldina, averiguar qué sucede con ella. El médico también se incorpora. «Voy para donde usted va» me dice con picardía, «donde su vecina. Hace dos horas le administré un calmante. Sufrió una crisis de nervios. Veremos si ya duerme», y, de nuevo, me palmea en los hombros, la espalda. Fastidian, se sienten muy mal sus dos manos calientes, debajo de este calor, sus dos manos delicadas y blandas de cirujano, los dedos ardientes, acostumbrados a tanto muerto, oprimiéndome el sudor de la camisa contra la piel. «No me toque», digo, «Hoy no me toque, por favor.» El médico arroja otra risotada y camina conmigo, a mi lado:

—Lo entiendo, profesor. A cualquiera que lo detengan, simplemente por madrugar, le da un humor de perros, ¿no es así?

Todavía se empecina el vendedor de empanadas desde la misma lejana esquina: oímos su grito a nadie, pero grito violento, de invocación, *¡Oyeeee!*, igual que siempre desde hace años, buscando clientes donde no los hay –donde no puede haberlos, ahora–. No es el mismo muchachón que llegó a San José con su pequeña estufa rodante, el fogón ambulante que se enciende con gasolina y reparte llamas azules alrededor de la paila. Ya debe andar por los treinta: tiene la cabeza rapada, un ojo desviado; una profunda cicatriz señala su frente estrecha; sus orejas son diminutas, irreales. Nadie sabe su nombre, todos lo llaman «*Oye*». Llegó a San José sin conocer a nadie, se petrificó detrás de la estufa, del enorme cajón sonoro donde el aceite hierve, cruzado de brazos, y allí empezó a vender y sigue vendiendo las mismas empanadas que él mismo prepara, y repite a cualquiera su historia, que es idéntica, pero tan feroz que no dan ganas de volver a comer empanadas: muestra la escurridera de metal, indica la paila llena de negro aceite, hunde la escurridera y después la exhibe enarbolándola: dice que a esa temperatura su filo puede rebanar sin esfuerzo un pescuezo como si tajara mantequilla, y dice que tarde o temprano a él mismo le correspondió hacerlo con un ladrón de empanadas en Bogotá, «Uno que tuvo la ocurrencia de robarme a mí, eso fue la pura defensa propia», y mientras lo dice abanica la escurridera ligeramente, una espada en tu cabeza, y grita a nadie, a pleno pulmón, ensordeciéndote: *¡Oyeeee!*

No volví por sus empanadas, como tampoco el médico, supongo. Pareciera que los dos pensábamos lo mismo.

–Es un asesino en sueños –me dice Orduz, apartando con cierta repugnancia la mirada del vendedor.

Seguimos por la calle empolvada, vacía.

–O está aterrado –digo–. Quién puede saberlo.

–Es el tipo más raro que he conocido, me consta que vende sus empanadas, tiene dinero, pero en los años que llevo no lo he visto acompañado de una mujer, ni siquiera de un perro. Me lo encuentro siempre en los noticieros de televisión, donde Chepe, sin despegarse de la puerta, recostado, más ensimismado que en un cine; hace dos años, cuando filmaron las calles de este pueblo de paz, recién dinamitada la iglesia, y nos tocó vernos por primera vez en el noticiero de televisión, rodeados de muertos, lo mostraron a él un segundo, telón de fondo, y él mismo se reconoció en su esquina, se señaló a sí mismo y nos gritó: *Oyeeee* que por poco rompe los vidrios, los tímpanos, los corazones. Y se puso pálido cuando escuchó el grito de Chepe: «Vete a gritar a tu esquina», y él, con otro grito peor: «¿Es que no hay derecho a gritar?», y se fue de la tienda. Me dijeron que duerme al descampado, detrás de la iglesia.

Como si respondiera a sus palabras, oímos el *Oyeee* lejano, al que todos estamos acostumbrados en San José. El médico se vuelve a mí, maravillado, y parece buscar mi opinión. No dije nada porque faltaba poco para llegar a casa del brasilero, y ya no quería conversar. Vimos estacionado ante la puerta el jeep del capitán Berrío. «No sale todavía Berrío en busca del brasilero» me dice Orduz, con un asombro desmesurado a propósito. Y ya arribábamos a la ancha verja de metal, abierta, cuando sale de ella Mauricio Rey, muy bien vestido de blanco. «Según parece, a los últimos hombres que quedan en este pueblo les está gustando ofrecer sus condolencias por el nuevo difunto» alcanza a decirme Orduz. Sé que Mauricio Rey no es de su agrado, y al revés. Y todavía escucho al médico, procaz: «Cualquiera diría que Rey no sigue borracho. Mírelo cómo camina, derechito. Sabe hacerlo».

–¿No es cierto, profesor, que andar junto a los médicos enferma? Por lo menos de gripa. –Mauricio me dice eso y el médico arroja una discreta risotada: no en vano conversamos frente a la casa de Geraldina.

Nos miramos como si nos consultáramos.

–Berrío sigue recogiendo datos –dice Rey–. Por mí que le da miedo perseguirlos.

–Igual que siempre –responde el médico.

–Pero entren, señores –se entusiasma Rey–, y acompañen a Geraldina: no sólo se llevaron al brasilero, sino a los niños.

–¿Los niños? –pregunto.

–Los niños –me dice Rey, y nos abre campo. Por primera vez no pienso en Geraldina sino en los niños. Los veo rodar por su jardín, los escucho. No puedo creerlo. El médico Orduz entra primero en la casa. Voy a alcanzarlo cuando Rey me toma del brazo y me lleva a un recodo. De verdad sigue borracho; lo descubro de pronto en su aliento, en los ojos enrojecidos que contrastan con el vestido blanco. Se ha afeitado, y entre más borracho parece más joven, perpetuado en alcohol –dicen, aunque no volvió a jugar ajedrez porque empezó a quedarse dormido entre jugada y jugada. Ahora lo veo tambalear, un instante, pero se repone. «¿Una copa?» se ríe. «No es el momento» digo, y él, acercando su tufo a mi cara, completamente abstraído, sus ojos flotando en la calle vacía, alucinado de sí mismo: «Tenga cuidado, profesor, el mundo está lleno de sobrios». Me estrecha la mano con fuerza y se aleja.

–¿Adónde vas, Mauricio? –le pregunto–, deberías recostarte. No es día para festejar por ahí.

–¿Festejar? Sólo voy un rato a la plaza, a preguntar qué pasa.

Nos interrumpe la salida del capitán, en compañía de dos soldados. Los tres saltan al jeep. Berrío nos saluda con su cabeza gorda y rosada; pasa junto a nosotros sin una palabra.

–¿No lo dije? –me grita Mauricio Rey, a lo lejos.

No conocía este lugar, el pequeño salón de la casa del brasilero. Fresco y apacible, embellecido de flores, con sillas de mimbre y muchos cojines alrededor, invita a dormir –me digo, detenido en el umbral, oyendo lo que hablan, pero sobre todo absorbiendo el aire íntimo de la casa de Geraldina, que es su olor, su propio olor de casa–. Oigo al médico, después un sollozo, la voz de varias mujeres, un lejano tosido. Descubro de antemano que Otilia no se encuentra en el salón. Entro y saludo a los vecinos. Se me acerca el profesor Lesmes, director de la escuela desde hace algunos meses, me lleva aparte, como si yo fuese de su propiedad, con la confianza de saber que soy otro profesor, que estuve a cargo de la escuela. «Lamentable», me dice, no comprende que me impide saludar a Geraldina. «Vine a San José a no hacer nada» exclama a susurros, «no hay un solo niño que asista, ¿y cómo? Han puesto una barricada enfrente de la escuela; si ocurre una escaramuza no demoraremos en sufrir las consecuencias, seríamos los primeros.»

–Permítame –le digo, y me fijo en Geraldina:

–Acabo de enterarme –la saludo–. Lo siento mucho, Geraldina. En lo que podamos servir, allí estaremos.

–Gracias, señor –dice. Tiene los ojos hinchados por las lágrimas, es otra Geraldina, y, al igual que Hortensia Galindo, se ha vestido enteramente de negro, pero allí siguen (pienso, sin poder evitarme a mí mismo), allí persisten, más redondas y más fúlgidas, sus rodillas. Tiene la barbilla bastante levantada, como si ofreciera su cuello a alguien o a algo invisible –a un rostro mortífero, a un arma–. Su cara se frunce, completamente derrotada, brillan de fiebre sus pupilas, enlaza y desenlaza las manos.

–Señor –me dice–, Otilia lo andaba preguntando. Parecía muy preocupada.

–Me voy ahora a buscarla.

Pero sigo quieto, y ella sigue mirándome:

–¿Sí supo, profesor? –prorrumpe con un sollozo–, mi niño, mis niños, se los llevaron, eso no tiene perdón de Dios. –El médico Orduz le toma el pulso, le dice la frase de siempre, tranquilizarse, a todos nos sirve mejor una Geraldina fuerte y serena.

–¿Pero es que usted sabe lo que es esto? –le pregunta ella, con violencia intempestiva, como si se rebelara.

–Lo sé, lo sabemos todos –responde el médico, mirando en derredor. Todos, a nuestra vez, nos miramos, y es en realidad como si no supiéramos, como si de manera subrepticia entendiéramos eso, sin vergüenza, que no sabemos lo que es esto, pero no tenemos la culpa de no saberlo, eso sí parecemos saberlo.

Ella me ha vuelto a mirar:

–Entró él a medianoche con otros hombres y se llevó a los niños, así de simple, profesor. Se llevó a los niños en silencio, sin decirme una palabra, como un muerto. Los otros hombres lo encañonaban; seguramente no le permitieron hablar, ¿cierto?, fue por eso que no pudo decirme nada. No quiero creer que no pudo hablar de la pura cobardía. Él mismo se llevó a los niños de la mano. Sólo hay que recordar lo que los niños preguntaban, para sufrir más: «¿Adónde nos llevan, por qué nos despertaron?». «Vamos, vamos», les decía él, «es sólo un paseo», les decía eso, y a mí ni una palabra, como si no fuera la madre de mi hijo. Se fueron y me dejaron, dijeron que tendría que ocuparme de preparar el pago. Que ya me informarían, dijeron, y tuvieron el atrevimiento de decírmelo riendo. Se los llevaron, profesor, quién sabe hasta cuándo, por Dios, si nosotros ya íbamos a irnos, y no sólo de este pueblo, sino del maldito país.

El médico le ofrece un tranquilizante, alguien acerca un vaso de agua. Ella ignora la pastilla, el agua. Sus ojos desvelados me miran sin mirarme.

–Ya no pude moverme –dice–. Seguí quieta hasta que amaneció. Lo oí salir a usted, oí su puerta, pero no fui capaz de gritar. Cuando pude caminar ya había amanecido, era el primer día de mi vida sin mi hijo. Entonces quise que me tragara la tierra, ¿me entiende?

De nuevo el médico le ofrece la pastilla, el agua, y ella obedece sin dejar de mirarme, y sigue mirándome sin mirarme cuando me alejo a la puerta.

No encuentro a Otilia en la casa. Estoy en el huerto, que permanece igual, como si nada hubiese ocurrido, aunque haya ocurrido todo: allí veo la escalera, recostada al muro; en la fuente nadan, anaranjados y relampagueantes, los peces; uno de los gatos me observa desperezándose al sol, me hace acordar de los ojos de Geraldina, Geraldina vestida de negro de la noche a la mañana.

—Profesor —me grita una voz desde la puerta de la casa, que he dejado abierta.

En el dintel me espera Sultana, acompañada de su hija, la misma muchacha que custodiaba al enfermo Mauricio Rey. Como si Rey me la hubiese mandado. Pero no se trata de Mauricio Rey: es mi propia mujer, me entero, que ha acordado con Sultana la ayuda semanal de su hija en el huerto de la casa.

—Nos encontramos con su señora en la esquina —explica Sultana—. Me dijo que se iba a preguntarlo a la parroquia. Tendrá que buscarla, no es día para ir y venir por las calles.

Yo escucho a Sultana, pero veo únicamente a la muchacha: ya no muestra su cabello desordenado, ni la misma mirada; ahora es sólo una niña impaciente, o tal vez aburrida de tener que trabajar.

–No será mucho –la animo–. Sólo tienes que acabar de recoger las naranjas y te vas a tu casa.

Otilia me ha traído la tentación en persona, y sin saberlo. La muchacha lleva puesto un vestido de una sola pieza, y va descalza, pero ya no ilumina, deriva a saltitos por el corredor, se asoma a la puerta de la cocina, observa, tímida, las dos habitaciones, la sala, se mueve desamparada y escuálida como un pajarillo. No se parece a su madre: Sultana es grande, de huesos anchos, fuerte; lleva puesta su eterna gorra de beisbolista, de un rojo incandescente; la prominente barriga no desmerece su fuerza: ella sola hace el aseo en la iglesia, la estación de policía, la alcaldía, lava ropa, plancha, de eso vive y quiere que viva su hija.

–¿Te das cuenta, Cristina? –pregunta–, aquí vendrás un día a la semana, es fácil llegar.

Siguen al huerto. El desconcierto, la conmoción de ver pasar a esta muchacha, de seguir y perseguir a esta muchacha, percibir la fatalidad de aroma silvestre, crudo pero nítido, que arroja desde cada uno de sus pasos, te hace olvidar lo que más te importa en el mundo, Ismael. Hablaré con ella, la obligaré a reír tarde o temprano, le contaré una fábula y, mientras ella esté trepada a la escalera, yo seguramente recogeré flores a su alrededor.

–No conocía su huerto –me dice Sultana–. Tiene peces, le gustan las flores, profesor. ¿A usted o a su señora?

–A los dos.

–Tendré que irme –grita al cielo de pronto, le dice adiós a su hija con un gesto–: Volveré por ti, no te vayas de aquí –y me estrecha la mano con fuerza de hombre, y sale de la casa.

Cristina se me queda mirando en mitad del chorro de sol que atraviesa fragmentado la rama de los naranjos. Parpadea. Se pasa una mano iluminada por la cara todavía más iluminada, ¿se acuerda de mí?

–Qué sed –dice.

–Ve a la cocina. Prepara una limonada, hay hielo.

–Hielo –como si pronunciara una palabra sobrenatural pasa corriendo enfrente mío, dejándome sumido en la mixtura de su aire, ¿me tambaleo?, me tiendo en la silla mecedora, al borde del sol, y allí me quedo, oyendo el distante ruido de la cocina, la puerta de la nevera que se abre, se cierra, los vasos y el hielo que chocan, la fuerza con que puja y se debe esforzar Cristina sobre los limones, escurriéndolos. Después no se oye nada, ¿cuánto tiempo ha pasado?, me canso de mirar mis rodillas, mis zapatos, levanto los ojos, un pájaro borroso cruza volando sin sonido entre los árboles. Es el silencio de la tarde que en el huerto se acrecienta, se hace duro, recóndito, como si fuese de noche y el mundo entero durmiera. La atmósfera, de un instante a otro, es irrespirable; puede que llueva al anochecer; un lento desasosiego se apodera de todo, no sólo del ánimo humano, sino de las plantas, de los gatos que atisban en derredor, de los peces inmóviles; es como si uno no estuviese dentro de su casa, a pesar de estarlo, como si nos encontráramos en plena calle, a la vista de todas las armas, indefensos, sin un muro que proteja tu cuerpo y tu alma, ¿qué pasa, qué me está pasando?, ¿será que voy a morir?

Cuando regresa la muchacha con los vasos de limonada, ansiosa por beberse el suyo, ya no la reconozco, ¿quién es esta muchacha que me mira, que me habla?, nunca en la vida me ocurrió el olvido, así, tan de improviso, peor que un baldado de agua fría. Es como si en todo este tiempo, encima del sol, hubiese caído un paño de niebla, oscureciéndolo todo: es porque sentí de pronto el miedo tremendo de que Otilia se halle sola, hoy, paseando por estas calles de paz donde es muy posible que llegue la guerra otra vez. Que llegue, que vuelva –me digo, me grito–, pero sin mi Otilia sin mí.

–Añicos –digo en voz alta, y me dispongo a salir.

–¿No va a tomar limonada?

–Tómate la mía –le digo a la muchacha, reconociéndola por fin, y le pregunto, extraviado–: ¿Adónde me dijo Sultana que iba Otilia?

Me mira perpleja, sin entender. Pero al fin:

–A la parroquia.

¿Por qué se te ocurre, Otilia, que estoy en la parroquia?, hace años que no voy donde el padre.

Mis brazos y piernas se balancean sin ningún ritmo mientras avanzo por las calles como entre madejas de algodón, qué mal sueño son estas calles vacías, intranquilas; en cada una de ellas me persigue, físico, flotante, el aire oscuro, aunque vea que las calles pesan de más sol, ¿por qué no traje mi sombrero?, pensar que no hace mucho me jactaba de mi memoria, un día de éstos voy a olvidarme de mí mismo, me dejaré escondido en un rincón de la casa, sin sacarme a pasear, los vecinos hacen bien –digo, lo repito–, cada vez hay menos en el pueblo, y con razón, todo puede pasar, y pase lo que pase será la guerra, resonarán los gritos, estallará la pólvora, sólo dejo de decirlo cuando descubro que camino hablando en voz alta, ¿con quién, con quién?

Únicamente en la plaza se encuentran grupos aislados de hombres, se oyen sus voces y de vez en cuando un silbido, como si fuera domingo. Me dirijo a la puerta de la parroquia, enseguida de la misma entrada de la iglesia, pero antes de tocar a la aldaba me vuelvo: en la plaza los mismos grupos dispersos, aparentemente tranquilos, habituales, voltean a examinarme, durante breve tiempo: viéndolos realmente es como si todos se encontraran anegados en niebla, el mismo hálito de niebla que vi en el huerto, ¿será que voy a morir? Un silencio idéntico a la niebla nos cierra las caras, por todas partes. Es posible que se alcancen a escuchar los tiros, desde aquí, o que lleguen hasta nuestras propias orejas, las rocen. Entonces tocará huir. Golpeo con premura la aldaba. La señora Blanca me abre. Asoma la nerviosa cara empolvada por el filo de la puerta. Es la ayudante, *la sacristana* del padre Al-

85

bornoz, su brazo derecho, la que recoge el dinero de las misas y seguramente la que lo cuenta, mientras el padre Albornoz descansa, hundidos sus pies en un balde de agua con sal, como lo vi hacer en cada una de mis visitas.

–Su esposa acaba de irse –dice la señora–. Estuvo aquí, preguntando por usted.

–Con Otilia jugamos al gato y al ratón –le digo. Voy a despedirme, pero me interrumpe:

–El padre quiere verlo. –Y abre definitivamente la puerta.

Distingo al padre, al fondo, el perfil aguileño, metido en su hábito negro, los negros zapatos de colegial, la Biblia en las manos: detrás de su cana cabeza asoman los chirimoyos de la parroquia, los limoneros, el refrescante jardín, embellecido con grandes matas de azaleas y geranios.

–Padre Albornoz, estoy buscando a mi mujer.

–Entre, entre, profesor, será sólo un café.

Fue otro de mis alumnos, desde sus ocho años. También yo era muchacho: sólo tenía veintidós cuando regresé a San José con mi cargo de maestro, y empecé a enseñar por primera vez en la vida, haciéndome a la idea de que serían tres años a lo sumo en mi pueblo, como un agradecimiento, y que después me iría, ¿adónde?, nunca lo supe, y en todo caso no fui jamás, porque aquí terminaría, casi enterrado. Algo parecido ocurrió con Horacio Albornoz: se fue y regresó convertido en sacerdote. Me vino a saludar desde el primer día. Se acordaba todavía del poema de Pombo que me aprendieron de memoria él y sus condiscípulos: *Y esta magnífica alfombra, oh Tierra quién te la dio, y árbol tanto y fresca sombra, y dice la tierra: Dios.* «Seguramente de allí provino mi vocación sacerdotal» me dijo riendo la primera vez. Y empezamos a visitarnos cada semana: bebíamos café en mi casa o en la parroquia, comentábamos las noticias del periódico, los últimos dictámenes del Papa, y de vez en cuando deslizábamos una que otra confidencia, hasta alcanzar ese raro estado de ánimo que nos permite creer que hay en la vida otro amigo.

A los pocos meses del regreso de Albornoz convertido en sacerdote, llegó a San José una mujer con una niña de brazos; se apeó del empolvado bus –únicas pasajeras–, y se fue directo a la parroquia, en busca de ayuda y trabajo. El padre Albornoz, que hasta entonces había rechazado los esporádicos ofrecimientos de varias señoras dispuestas de buena voluntad a hacerse cargo de la limpieza, de su cocina y del tendido de su cama, de su ropa y sus miserias, aceptó de inmediato a la forastera en la parroquia. Ella es ahora la señora Blanca, convertida por los años en sacristana. Su hija es hoy una de las tantas muchachas que se fueron, hace años; y doña Blanca sigue siendo justamente una sombra blanca, silenciosamente amable, tan delicada que parece invisible.

Una tarde de hace años, cuando en lugar de tomar

café bebíamos vino, tres botellas de vino español que el obispo de Neiva le había regalado, el padre Albornoz pidió a la sacristana que nos dejara solos. Estaba triste a pesar del vino, tenía los ojos aguados, la boca vencida: pensé incluso que de un momento a otro iba a llorar.

–¿Y si no es a usted a quién se lo digo? –me dijo al fin.

–A mí –le dije.

–O al Papa –respondió–, si yo fuera capaz.

Semejante comienzo me desconcertó. El padre era una mueca de arrepentimiento. Duró un largo minuto almacenando fuerzas para empezar, y, por fin, me dejó entrever, con alusiones pueriles, y sin descuidar el vino, que la señora Blanca era además su mujer, y que la niña era hija de ambos, que dormían juntos en la misma cama como cualquier matrimonio de la noche a la mañana en este pueblo de paz. Sé muy bien que la habladuría despiadada ya nos rondaba a todos desde el principio, cuando llegó tras de él la mujer con la niña, pero a nadie se le ocurrió escandalizar, ¿para qué? ¿Y qué importa? –le dije–, ¿no era ésa una actitud sana y humana, tan distinta a la adoptada por otros sacerdotes en tantos países, la hipocresía, la amargura, incluso la perversión, la violación de menores?, ¿no seguía siendo él, por sobre todas las cosas, un sacerdote de su pueblo?

–Sí –me replicó obnubilado, los ojos atentos, como si nunca se le hubiese ocurrido. Pero añadió–: No es fácil sobrellevarlo. Se sufre, antes y después.

Luego de otro minuto se resolvió:

—Lo que nunca voy a abandonar –exclamó– es la obra del Señor, mi misión, en medio de esta tristeza diaria que es el país. Y parecía que al fin, así, había encontrado la absolución que necesitaba. Todavía quise decirle, eximiéndolo: «Con seguridad usted no es el primero, esto es común en muchos pueblos», pero empezó a hablar de otras cosas: ahora parecía tremendamente arrepentido de hacerme confidente de su secreto, y acaso deseaba que me marchara pronto, que lo olvidara pronto, y así lo hice, me marché pronto y lo olvidé más pronto, pero nunca olvidaré la sombra blanca de la señora Blanca, esa tarde, cuando me acompañó a la puerta, la ancha sonrisa muda en la cara, tan agradecida que parecía a punto de besarme.

Allí los dejé desde hace años, aquí los encuentro. Allí los dejé porque el padre Albornoz no volvió a pedirme que lo visite, y tampoco a visitarme. Aquí los encuentro, iguales pero más viejos, mientras nos sentamos en la salita de la parroquia, cuya ventana esmerilada da a la plaza. Después del ataque de hace dos años, el padre Albornoz viajó a Bogotá y consiguió que el gobierno se ocupara de la resurrección de la iglesia dinamitada: permitir que la iglesia permaneciera destrozada era una victoria para los destrozadores, fueran quienes fueran, argumentó; de modo que otra iglesia mejor se erigió en el mismo sitio, una mejor casa para Dios y para el padre –dijo el médico Orduz, que a diferencia del padre no consiguió auxilios para su hospital.

Si el padre me va a hablar en compañía de la señora Blanca, no es posible, pienso, que Otilia lo haya hecho confidente de mi muro y mi escalera, mi secreto. Otilia: tú no podrías padecer mi confesión en mi lugar. Entonces, ¿qué me va a decir? Bebemos el café sin pronunciar palabra. Detrás de la ventana esmerilada se puede adivinar la mancha entera de la plaza, los altos robles que la rodean, la imponente casa de la alcaldía. La plaza es una especie de rectángulo en declive; nosotros, en la parroquia, estamos arriba; abajo está la alcaldía.

–¿Y si sucede otra vez? –me pregunta el padre–, ¿si viene la guerrilla hasta esta plaza, como ocurrió?

–No creo –le digo–. No creo, esta vez.

Oímos algunos gritos, desde la plaza. La señora Blanca no se inmuta; bebe su café como si se encontrara en el cielo.

–Sólo quería decirle, Ismael, que regrese a verme, y pronto. Vuelva como amigo, o penitente, cuando quiera; no se olvide de mí, ¿qué le sucede? Si yo no voy a visitarlo es por lo que ocurre hoy, como ocurre desde ayer, y ocurrirá mañana, para desgracia de este pueblo en pena. Ya no tenemos derecho a los amigos. Hay que luchar y orar hasta en los sueños. Pero las puertas de la iglesia están abiertas para todos, mi deber es recibir a la oveja que se ha descarriado.

Su sacristana lo contempla alucinada. Por mi parte, me parece que Otilia sí se confesó por mí.

–Son días difíciles para todos –sigue el padre–. La inseguridad reina hasta en los corazones, y es cuando tenemos que poner a prueba nuestra fe en Dios, que tarde o temprano nos redimirá de todo.

Yo me incorporo.

–Gracias, padre, por el café. Tengo que ir con Otilia. Usted sabe mejor que nadie que no es día para andar por las esquinas buscándose.

–Ella vino expresamente hasta aquí, preguntando por usted, y conversamos. Eso me hizo acordar de los tiempos que llevamos sin vernos, Ismael. No se recluya tanto.

Me acompaña a la puerta, pero allí nos detenemos, enfrascados en una charla inesperada, a susurros: son tantos los sucesos que no habíamos comentado –por nuestra recíproca ausencia–, que pretendemos repasarlo todo, en un minuto, y así nos acordamos, todavía en voz mucho más baja, del padre Ortiz, de El Tablón, a quien nosotros conocimos, al que mataron, luego de torturarlo, los paramilitares: quemaron sus testículos, cercenaron sus orejas, y después lo fusilaron acusándolo de promulgar la teología de la liberación. «¿Qué puede uno, entonces, expresar a la hora del sermón?» me pregunta el padre, las manos abiertas, los ojos desmesurados, «cualquiera nos puede acusar de lo que quiera, sólo porque invocamos la paz, Dios», y, en eso, como si se decidiera a último momento, como quien resuelve dar un corto paseo, sale conmigo de la parroquia, le dice a la señora que cierre la puerta con llave, que lo espere. «Será sólo un minuto», le ha dicho, mientras ella lo contempla aterrada.

Empezamos a bajar desde la parroquia, en vigilante silencio, ¿qué nos falta por desvelar? De la mitad de la plaza un lento grupo de hombres sube a saludar, y el padre se detiene; quería continuar la charla conmigo, pero la llegada de sus feligreses lo impedirá; encoge los hombros, hace un gesto indefinible y sigue bajando a mi lado; atiende a los hombres con una sonrisa de confortación, sin pronunciar palabra; los escucha con igual interés; algunos son de este pueblo, otros de las montañas: no es recomendable quedarse en las montañas cuando se avecinan los enfrentamientos; ya han ocultado a sus hijos en casa de los amigos, vienen a indagar qué nos espera, el alcalde y el personero no se encuentran en la alcaldía, no hay nadie en las oficinas del concejo municipal, ¿dónde están?, ¿qué vamos a hacer?, ¿cuánto durará?, la incertidumbre es igual para todos; el padre Albornoz replica abriéndose de brazos, ¿qué puede saber él?, les habla como en sus sermones, y tal vez tiene razón, poniéndose en su lugar: el temor de resultar mal interpretado, de terminar acusado por este o ese ejército, de indigestar a un capo del narcotráfico –que puede contar con un espía entre los mismos feligreses que lo rodean– ha hecho de él un concierto de balbuceos, donde todo confluye en la fe, rogar al cielo esperanzados en que esta guerra fratricida no alcance de nuevo a San José, que se imponga la razón, que devuelvan a Eusebio Almida, otro inocente sacrificado, otro más, ya monseñor Rubiano nos advirtió que el secuestro es una realidad diabólica, fe en el creador –nos exhorta finalmente, y eleva el dedo índice–: después de la oscuridad llega la luz, y, cosa realmente absurda, que nadie entiende de buenas a primeras, pero que todos escuchan y aceptan porque por algo lo dirá el padre, nos anuncia que el Divino Niño ha sido nombrado esta mañana figura religiosa nacional, que nuestro país sigue consagrado al Niño Jesús, oremos, insiste, pero, de hecho, ni él ora ni nadie parece dispuesto a corresponder con una oración.

También Mauricio Rey está entre los que se acercan. Me ha dicho –para variar, este día– que mi mujer me busca. «Me preguntó por usted», dice, «yo le dije que acababa de verlo en casa del brasilero. Allá se fue.»

Es justo cuando voy a despedirme que veo aparecer, en la esquina opuesta a nosotros, abajo, en diagonal, los primeros soldados, a la carrera; al igual que yo todos los han visto, y callan, expectantes: las miradas enteras convergen en ese punto. No parece que los soldados arribaran ordenadamente, como se fueron, sino parece más bien que los persiguieran; se parapetan en diferentes lugares, siempre acechando a la misma esquina por donde acaban de llegar, y apuntan. Ahora veo, alrededor, rostros de pronto desconocidos –aunque se trate de conocidos– que intercambian miradas de espanto, se apretujan sin saberlo, es un clamor levísimo que parece brotar remoto, desde los pechos, alguien murmura: *mierda, volvieron.*

Los soldados siguen alertas, quietos; deben ser doce o quince de ellos; ninguno se ha vuelto a mirarnos, a recomendar algo, como en otras oportunidades; en eso se escuchan ráfagas, detonaciones, pero todavía fuera del pueblo. Un murmullo de admiración, su frío, recorre las espinas dorsales –ahora sí sonoro, a plenitud–: estas sombras que veo temblar alrededor, igual o peor que yo, me sumergen en un torbellino de voces y caras desquiciadas por el miedo, veo en un fulgor la silueta del padre Albornoz huyendo a su parroquia, veloz como un venado, aparece una ambulancia por la misma esquina, agujereada en todos sus flancos, aunque a buena velocidad, y se pierde detrás de una polvareda en dirección al hospital, otros soldados han hecho su entrada por la esquina de arriba, y se gritan con los de abajo, precipitados; los tiros, los estallidos, se recrudecen, próximos, y todavía nadie sabe con certeza en qué sitio del pueblo ocurren, ¿adónde correr?, de pronto se interrumpen y son reemplazados por un silencio como de respiraciones, los combatientes buscan su posición, y nosotros, ¿en dónde?, es en ese instante que sube, ruidoso, saltando por entre las piedras de la plaza, el jeep del capitán: salta de él Berrío y mira

95

a nuestro grupo, acaso va a ordenar que volvamos a las casas, a cualquier sitio a cubierto, está pálido, descompuesto, abre su boca, pero sin ningún sonido, como si tragara aire, así transcurren varios segundos, «Guerrilleros» grita de pronto, abarcándonos con un gesto de mano, «ustedes son los guerrilleros», y sigue subiendo a nosotros.

Tenía el rostro desfigurado de rabia, ¿o iba a llorar? De un momento a otro, como catapultado por el rencor, se llevó la mano al cinto y desenfundó la pistola. Días después nos enteraríamos por el periódico que su intento de liberación fue un fracaso, que hirieron a seis de sus hombres, que «les salió al paso» un camino recién dinamitado, un sendero con quiebrapatas. ¿Eso justifica lo que hizo? Ya tenía fama su carácter, *la cabra Berrío* lo tildan sus hombres, a sus espaldas: apuntó al grupo y disparó una vez; alguien cayó a nuestro lado, pero nadie quiso saber quién, todos hipnotizados en la figura que seguía encañonándonos, ahora desde otro lugar, y disparaba, dos, tres veces. Dos cayeron, tres. Los soldados ya rodeaban a Berrío, a tiempo, y éste enfundaba la pistola y daba la espalda, saltando al jeep y retirándose de la plaza, al interior del pueblo, en la misma dirección de la ambulancia. Pensé que tenía mucha razón el padre Albornoz en huir. No hubo tiempo de preguntar entre nosotros, de corroborar qué era cierto y qué no entre tantos disparates que sucedían: en menos de cinco minutos la ambulancia irrumpió de nuevo en la plaza y se detuvo al lado nuestro. Allí empezaron a meter a los heridos, el último Mauricio Rey, descubrí, sin creerlo, me pareció más ebrio que nunca, «No voy a morir», me dijo, «no les voy a dar ese gusto.»

Todos corríamos ahora, en distintas direcciones, y algunos, como yo, iban y volvían al mismo sitio, sin consultarnos, como si no nos conociéramos. Fue cuando recordé a Otilia y me quedé quieto. Miré en derredor. Una tremenda explosión se escuchó al borde de la plaza, el mismo corazón del pueblo: la grisosa nube de humo se esfumó y ya no vi a nadie; detrás de la polvareda emergió únicamente un perro, cojeando de una pata y dando aullidos. Busqué de nuevo a los hombres: no había nadie. Estaba solo. Otra detonación, un estampido más fuerte aún se remeció en el aire, al otro extremo de la plaza, por los lados de la escuela. Entonces me encaminé a la escuela, hundido en el peor presentimiento, pensando que sólo allí podía encontrar a Otilia, en el sitio más comprometido del combate, la escuela. Si a Otilia se le ocurrió buscarme en la parroquia, ¿por qué no iba a ir a la escuela?

–Adónde va, profesor –me gritó la señora Blanca desde la puerta entornada. Sólo se adivinaba la mitad de su rostro blanco, desencajado–. Venga y escóndase, pero rápido.

Me aproximé a la parroquia, indeciso. Los tiros se agudizaban, lejos y cerca. Ahora un grupo de soldados pasó corriendo a pocos metros de mí. Uno de los soldados, que parecía correr de espaldas, tropezó conmigo, golpeándome en el hombro; me hizo trastabillar; estuve a punto de rodar por tierra. Así llegué a la cara blanca, desorbitada.

–A buscar a Otilia –dije.

–Con seguridad ya se encuentra en su casa, esperándolo. Usted no se exponga, profesor. Entre de una vez, o cierro. Oiga cómo disparan.

–¿Y si Otilia está en la escuela?

–No sea terco.

De nuevo deploré mi memoria: recordé que Rey le dijo a Otilia que me hallaba en casa del brasilero. De modo que para allá me fui, mientras oía los gritos de la señora Blanca, reconviniéndome.

–Lo van a matar –gritaba.

Vi al llegar que la verja en casa de Geraldina estaba cerrada, con cadena y candado, al igual que la puerta interior. La puerta de mi casa también: le habían puesto la aldaba, por dentro; en vano me puse a golpear, dando gritos para que abrieran. Me sobrecogió entender que si Otilia se encontraba dentro ya hubiese abierto, y preferí no entenderlo más. Era posible que, sencillamente, no me escuchara. ¿Seguía todavía allí la hija de Sultana, o se había ido?

Oigo sollozos, adentro.

–Soy yo, abre rápido.

Nadie responde.

En la esquina de la calle, no lejos de donde me encuentro –mi frente apoyada en la puerta, las manos levantadas contra la madera– aparece otro grupo de soldados. No son soldados, descubro, ladeando ligeramente la cara. Son siete, o diez, con uniforme de camuflaje, pero usan botas pantaneras, son guerrilleros. También me han visto reclinado a la puerta, y saben que los miro. Vienen hacia mí, creo, y entonces una descarga desde la esquina opuesta a ellos los sacude y acapara por completo su atención: corren hacia allá, encogidos, apuntando con sus fusiles, pero el último de ellos se detiene durante un segundo y durante ese mismo segundo me voltea a mirar como si quisiera decirme algo o como si me reconociera y empezara a preguntar si yo soy yo, pero no ha dicho una palabra, no habla, ¿me va a hablar?, distingo el rostro cetrino, joven, como entre niebla, los ojos dos carbones encendidos, se lleva la mano al cinturón y entonces me arroja, sin fuerza, en curva, algo así como una piedra. Una granada, Dios, me grito yo mismo, ¿voy a morir? Ambos vemos en suspenso el trayecto de la granada, que cae, rebota una vez y rueda igual que cualquier piedra a tres o cuatro metros de mi casa, sin estallar, precisamente entre la puerta de la casa de Geraldina y mi puerta, al filo del andén. El muchacho la contempla un instante, extasiado, y habla por fin, escucho su voz como un festejo en toda la calle: «Uy qué suerte abuelo cómprese la lotería». Yo pienso ingenuamente que debo responder algo, y voy a decir sí, qué suerte, ¿no?, pero ya ha desaparecido.

Entonces se abre la puerta de mi casa. Detrás está la hija de Sultana, llorando:

–¿Y mi mamá? –pregunta–, ¿salgo a buscar a mi mamá?

–Todavía no –digo. Entro y cierro la puerta. Pienso aún en la granada que no estalló. Es posible que estalle ahora, que destruya la fachada de la casa, o la casa entera. Me voy corriendo al interior de la casa, al huerto. También allí se escuchan los tiros, las explosiones. Regreso por el pasillo, siempre seguido por la muchacha llorando, y entro en mi habitación, me veo yo mismo asomándome a mirar debajo de la cama, vuelvo al huerto, busco en la cocina, en el cuarto que fue de nuestra hija, entro al baño.

–¿Y Otilia? –pregunto–. ¿Ha venido Otilia por aquí?

No, me dice, y repite que no, meneando la cabeza, sin dejar de llorar.

Hemos ido de un sitio a otro por la casa, según los estallidos, huyendo de su proximidad, sumidos en su vértigo; finalizamos detrás de la ventana de la sala, donde logramos entrever alucinados, a rachas, las tropas contendientes, sin distinguir a qué ejército pertenecen, los rostros igual de despiadados, los sentimos transcurrir agazapados, lentos o a toda carrera, gritando o tan desesperados como enmudecidos, y siempre bajo el ruido de las botas, los jadeos, las imprecaciones. Un estruendo mayor nos remece, desde el huerto mismo; el reloj octagonal de la sala –su luna de vidrio pintado, una promoción de alka-seltzer que Otilia compró en Popayán– se ha escindido en mil líneas, la hora detenida para siempre en las cinco en punto de la tarde. Voy corriendo por el pasillo hasta la puerta que da al huerto, sin importar el peligro; cómo importarme si parece que la guerra ocurre en mi propia casa. Encuentro la fuente de los peces –de lajas pulidas– volada por la mitad; en el piso brillante de agua tiemblan todavía los peces anaranjados, ¿qué hacer, los recojo?, ¿qué pensará Otilia –me digo insensatamente– cuando encuentre este desorden? Reúno pez por pez y los arrojo al cielo, lejos: que Otilia no vea sus peces muertos.

Al fondo, el muro que separa mi casa de la del brasilero humea partido por la mitad: hay un boquete del tamaño de dos hombres, hay pedazos de escalera regados por todas partes; yacen desperdigadas las flores, sus tiestos de barro pulverizados; la mitad del tronco de uno de los naranjos, resquebrajada a lo largo, tiembla aún y vibra como cuerda de arpa, desprendiéndose a centímetros; hay montones de naranjas reventadas, diseminadas como una extraña multitud de gotas amarillas en el huerto. Y es cuando descubro, ahora sin creerlo, las siluetas sombrías de cuatro o seis soldados que trotan haciendo equilibrio encima del muro, ¿soldados?, me pregunto. Sí, lo mismo. Saltan a mi huerto, los fusiles apuntándome, huelo el sudor, las respiraciones, uno de ellos pregunta en dónde queda la puerta de la casa; yo señalo el camino y corro detrás, por el pasillo. Oímos el grito de Cristina en la sala; se ha llevado las manos a la cara, cree que la van a matar. Uno de los soldados, el último –el más próximo a nosotros–, parece reconocerla. Veo que la ve con atención desmesurada, «Escóndase debajo de una mesa» le dice, «tírese al piso», y sigue avanzando tras los otros. Yo sé que tengo que decir algo, advertirlos de algo, preguntarles sobre algo, pero no me acuerdo de nada en absoluto. Así vamos hasta la puerta, que abren con sigilo. Se asoman, atisban a uno y otro lado y se lanzan a la calle. «Cierre esa puerta» me gritan. Yo cierro, ¿qué tenía que decirles?, la granada, me acuerdo, pero otra descarga tremenda –de nuevo por los lados del huerto– me distrae. «¿No oíste?» le digo a Cristina, «escóndete.» «¿Y dónde?» me pregunta con un alarido. «Donde sea» le grito, «debajo de la tierra.» El humo crece desde el huerto, es una larga raíz asfixiante que se mete a raudales por el pasillo. Regreso corriendo por entre sus pliegues hasta el huerto; diviso el borde del muro, lo examino: es muy posible que deban estar siguiendo a los soldados, y en su lugar me encontrarán a mí; no importa, es mejor morir en la casa que en la calle. Me acuerdo de Otilia y una suerte de miedo y rabia me alientan a quedarme entre el mismo boquete formado en el muro, como si eso me defendiera. La humareda la produce otro de los árboles, incendiado y dividido en su cúspide; más abajo, en la pulpa blanquísima del tronco descortezado, distingo una mancha de sangre, y, sobre las raíces, clavado en astillas, el cadáver de uno de los gatos. Me llevo las manos a la cabeza, todo gira alrededor, y en mitad de todo alumbra la casa de Geraldina, frente a mí, sin muro: es una gran ironía este boquete, por donde puedo abarcar en su total extensión el jardín de Geraldina, la terraza, la piscina redonda; y no sólo contemplar, podría pasar al otro lado, ¿en qué estoy pensando?, en Geraldina desnuda, Dios. ¿Está Otilia allá dentro?, no veo a nadie al otro lado, no se distingue nada. Se oyen, cada vez más espaciados, los disparos en las calles. Lejos, en un vórtice de gritos cuyo centro es la punta blanca de la iglesia, se distinguen las espirales de humo, por todos

los costados. Entro al huerto vecino, que no ha sufrido tantos daños como el mío –excepto la ausencia
de las guacamayas, sus risas, sus paseos, aunque no
demoro en descubrirlas, tiesas, flotando en la piscina–. Atravieso la terraza y avanzo al interior. La
puerta de vidrio que da al huerto está abierta de par
en par, «¿Hay alguien aquí?» pregunto, «Otilia, ¿estás
aquí?».

Algo o alguien se mueve a mis espaldas: me vuelvo a mirar con el corazón en un hilo. Son nuestras
dos gallinas, refugiadas en el huerto del brasilero, tan
indiferentes como extraordinarias, tuvieron más suerte que las guacamayas y ahora picotean pacientemente
alrededor. Me hacen pensar en el maestro Claudino,
la promesa.

Encuentro a Geraldina en la salita donde no hace
mucho la saludé. Sigue sentada en el mismo sillón, sigue vestida de negro, sigue hundida como a su pesar
en una sombra de enamoramiento que por triste es
más avasalladora, urgente y devastadora que nunca.
Las manos en el regazo, los ojos idos, un largo ídolo
del dolor. Seguramente porque es el atardecer, y porque es la guerra, la misma honda penumbra de este
día rodea con más fuerza todas las cosas. Encuentro
alrededor de Geraldina otros espectros sentados; son
mujeres que rezan el rosario, sus voces se preguntan
y responden a murmullos, soy yo quien interrumpe
la oración. Me ignoran. En vano busco la cara de Otilia entre ellas. Me compadezco a mí mismo: si Otilia
rezara con ellas ya hubiese salido a mi encuentro.

«¿Y Otilia?» les pregunto a pesar de todo. Ellas siguen rezando a balbuceos.

—Estuvo aquí, señor —me dice la voz de Geraldina, sin ninguna emoción—. Estuvo, y volvió a irse.

He regresado otra vez a mi casa, por el mismo camino. Pongo a hacer un café en la cocina, y allí me quedo, sentado, esperando a que hierva el agua en la olla. Escucho hervir el agua, y sigo quieto. El agua se evapora por completo, la olla se quema; la delgada tira de humo se desprende de su fondo y me recuerda el árbol incendiado, el cadáver del gato. Bien, no fui capaz de preparar un café; apago la estufa, ¿y el tiempo?, ¿cuánto tiempo ha pasado?, no se escuchan más tiros, ¿cómo pasará el tiempo, mi tiempo, desde ahora?, el estruendo de la guerra desaparece: de vez en cuando un lamento lejano, como si no nos perteneciera, un llamado, un nombre a gritos, un nombre cualquiera, pasos a la carrera, ruidos indistintos que declinan y son reemplazados por el silencio absoluto. Es el anochecer, las sombras empiezan a colgar por todas partes, uno solo se ve. Intento de nuevo preparar un café: pongo la olleta debajo del grifo: de pronto no hay agua, tampoco luz, desaproveché la ocasión para un café, Ismael, y quién sabe hasta cuándo regresen el agua y la luz, ¿qué haría Otilia en mi lugar? Llenaría la olleta con el agua sobrante de la fuente, encendería la estufa de carbón, enaltecería al mundo ofreciéndonos un café en mitad de la hecatombe; yo sigo quieto, se completa la noche y escucho que alguien habla desde la calle, por un altavoz. Se nos pide que si hay un herido lo saquemos de inmediato, que en caso contrario sigamos dentro de las casas, hasta que la situación se normalice, así lo dice la voz impersonal, de micrófono: «Hasta que esta situación se normalice. Ya logramos replegar a los bandidos».

Oigo, como toda respuesta, un quejido dentro de la casa. *Cristina*, me digo. Su nombre es lo único que me sacude de esta parálisis de muerto en que me hundo. Busco una vela para encender, en los cajones de la cocina. No la encuentro. Tengo que andar a tientas por mi propia casa; voy hasta mi cuarto –el cuarto que Otilia y yo compartimos con ese antiguo San Antonio de madera, especie de altar donde se guardan las velas y los fósforos–. De nuevo se repite el gemido, en la oscuridad; tiene que ser la muchacha, pero no se halla en el cuarto. Mis manos tiemblan, encienden con dificultad la llama de una vela. Con esa luz me voy buscando por la casa, llamando a Cristina. Descubro que se ha metido en el cuarto que era de nuestra hija, al que yo nunca más volví a entrar, desde hace años –sólo Otilia, que solía rezar allí dentro por nosotros: «Acá estaremos más cerca de nuestra hija», me decía.

–Cristina –llamo con un grito–, ¿estás herida?

–No –responde por fin, saliendo de debajo de la cama.

Con todo y lo desventurado de las circunstancias

yo mismo a mí mismo me deploro, abominándome, al reparar voluntaria o involuntariamente en el vestido recogido, los muslos de pájaro pálido, la selvática oscuridad en la entrepierna, a la escasa luz de la vela, su rostro mojado en lágrimas: «¿Y mi mamá?», vuelve a preguntar espantada. Tiene, abrazado, el viejo oso de peluche que fue de mi hija. Es una niña, podría ser mi nieta.

–Si quieres sal a buscarla –digo–. Y si quieres volver vuelve, y si no quieres volver no vuelvas, pero deja de llorar.

–¿Y cómo? –alcanza a responder–, se me salen las lágrimas.

–No son tiempos de llorar, Cristina. No te digo que rías, te digo solamente que hay que reunir fuerzas para encontrar a quien buscamos. Si lloras las lágrimas nos debilitan.

Lo mismo me digo a mí.

Y la escucho salir de la casa, cerrar la puerta con fuerza, perderse corriendo en la noche, la noche que debe elevarse igual que la calle: vacía. Me he quedado sentado en la cama de mi hija, la vela en las manos, sintiendo la cera que se riega en mis manos, el pabilo que se extingue en mis dedos, oliendo mi propia carne chamuscada, hasta que amanece. No has vuelto, Otilia, ni más tarde ni más temprano. Tendré que buscarte otra vez, pero en qué lugar, adónde fuiste a buscarme.

Oigo el canto de los pájaros –su canto, a pesar de todo–. El huerto aparece a mis ojos fraccionado en gasas de luz, es un amanecer demacrado, oigo el maullido de los gatos sobrevivientes en la cocina. Hago lo que haría Otilia: les doy de comer pan y leche, y también yo me alimento de lo mismo, soy tu otro gato, pienso, y por pensarlo me acuerdo del gato muerto: tendré que enterrar ese gato, que nunca veas tu gato muerto, Otilia. Voy hasta el árbol: allí sigue el gato destrozado; lo entierro debajo del mismo árbol. La cabaña del maestro Claudino es el último sitio que me queda, el último sitio donde pudiste ir a buscarme, Otilia, yo mismo te dije que pensaba llevar al maestro una gallina de regalo, allá estás, allá te encontró la guerra, allá te encontraré yo, y para allá me voy, repitiéndolo con toda esa fuerza y terquedad como una luz en mitad de la niebla que los hombres llaman esperanza.

Pero antes voy y busco y correteo –en los jardines del brasilero– una de las gallinas, mis gallinas, que han preferido quedarse a vivir en el huerto vecino. Percibo los ojos de la enlutada Geraldina detrás de la puerta de vidrio: me contemplan atónitos cuando atrapo al fin una gallina y me la guardo en la mochila, ahora riéndome: haremos el sancocho con Otilia y el maestro Claudino. Vuelvo a mi casa, por entre el boquete del muro, sin acordarme de saludar a Geraldina, sin despedirme. Ya cuando recorro las primeras calles vacías me olvido para siempre de la guerra: sólo siento el calor de la gallina en mi costado, sólo creo en la gallina, su milagro, el maestro Claudino, Otilia, el perro, en la cabaña, todos atentos al sancocho feliz entre la olla, lejos del mundo y todavía más lejos: en la montaña azul invulnerable que se levanta enfrente mío, medio oculta en velos de niebla.

La última de las casas, en la calle empedrada, poco antes de iniciarse la carretera, es la de Gloria Dorado. Pequeña, pero justa, limpia, sembrada de mangos, se la regaló Marcos Saldarriaga. Me pareció ver a Gloria un instante, en mitad de la puerta abierta, empiyamada de blanco, con una escoba en las manos: iba a decirme algo, pensé, pero cerró la puerta. Iba a darme los buenos días y se arrepintió con razón, supongo, al verme esta cara de risa, muy desacorde con la angustia que ella vive desde la desaparición de Saldarriaga. Empiezo a alejarme por la carretera cuando escucho a mis espaldas su voz, la voz de Gloria Dorado, la extraña mulata de ojos claros por la que se desvivió Saldarriaga:

–Cuidado, profesor. No sabemos aún en manos de quién quedó el pueblo.

–Sean quienes sean, las mismas manos –digo, y me despido y sigo avanzando. Qué bueno abandonar San José, lleno hasta los topes de soledad y miedo, tan seguro estoy de encontrarme en la montaña con Otilia.

Lejos del pueblo, cerca del camino de herradura, cuando todavía no se separa la noche del amanecer, tres sombras brotan de entre los arbustos y saltan a mí, me rodean, demasiado próximas, tan próximas que no puedo ver sus ojos. No es posible descubrir si son soldados –o quiénes, si de acá, de allá, o del otro lado, ¿importa eso?, Otilia me espera–. Algo como el olor de la sangre me paraliza, yo mismo me pregunto: ¿es que se me olvidó hasta la guerra?, ¿qué sucede conmigo? Demasiado tarde me arrepiento de no escuchar a Gloria Dorado: *en manos de quién estamos*, debí volver a mi casa, ¿y Otilia?

–Adónde cree que va, viejo.

Se pegan a mi cuerpo, me estrechan, la punta de un puñal en mi ombligo, el frío de un cañón en mi cuello.

–Voy por Otilia –digo–. Está aquí al lado, en la montaña.

–Otilia –repiten. Y, después, una de las sombras–: Quién es Otilia, ¿una vaca?

Pensé que las otras dos sombras iban a reír, ante la pregunta, y, sin embargo, siguió el silencio, opresivo, apremiante. Creí que se trataba de una broma, y me pareció lo mejor, para huir en mitad de la risa con mi gallina. La pregunta iba en serio. De verdad querían saber si se trataba de una vaca.

–Es mi mujer. Voy a buscarla, arriba, en la montaña.

–A tiro de pájaro –dice una de las sombras. Ha puesto su cara en mi cara, su aliento de cigarro me cubre–: ¿Es que no ha oído? No se puede salir así como así. Vuelva por donde vino.

Siguen todos apretados, apretándome.

–No oí –les digo–. Voy por mi esposa donde el maestro Claudino.

–Qué maestro ni qué Claudino.

Otra sombra me habla a la oreja, su agrio resuello me empapa el oído:

–Agradezca que lo dejamos volver por donde vino. No joda más y devuélvase, no nos saque la piedra.

La otra sombra se acerca más y se asoma a la mochila:

–Qué lleva ahí. –Con un dedo vendado entreabre

111

la mochila. Me mira directo a los ojos–: Cuál es su negocio –pregunta, solemne.

–Mato gallinas –respondo. No sé todavía por qué respondí eso, ¿por el sancocho?

Las otras dos sombras se asoman a mirar.

–Y bien gordas –dice una de ellas.

Cerca, tan cerca, a un costado de la carretera, empieza el camino de herradura que asciende a la montaña. Otilia me espera allá arriba, lo presiento. O quiero presentirlo. Sólo ahora me doy cuenta de lo expuesto que estoy en esta carretera, en pleno amanecer, únicamente nosotros: *ellos y yo*. Se oye, oigo, veo un soplo de viento que levanta pequeñas olas de polvo entre las piedras, ¿será que voy a morir, al fin? Un frío desolador, como si bajara por el mismo camino de herradura y desembocara ante nosotros, guiado por el viento, me sobrecoge, me hace pensar que no, que Otilia no se encuentra allá arriba, me hace pensar en Otilia por primera vez sin esperanza.

–Quédense con la gallina –digo.

La sacan de un manotazo.

–Éste se salvó –grita alguno, con una risotada.

–La despescuezo ya mismo –dice otro–, me la como en un santiamén.

Corren a la orilla opuesta de la carretera: ni siquiera me miran, y yo subo por el camino de herradura. Recién empiezo a entender que la gallina se ha perdido. En la primera curva del camino a la montaña me detengo. Les grito, haciendo bocina con las manos, a través de la fronda:

–Yo sólo mato gallinas.

Y seguí gritando eso mismo, repitiéndolo –entre la furia y el miedo, sin el sancocho con el que soñaba–: Yo sólo mato gallinas. El pánico, el arrepentimiento de gritarlo me empujaron a correr cuesta arriba, huir con todas las fuerzas, sin importarme el corazón que retumbaba. Les estaba pidiendo que me maten, pero debió valer más el hambre que el deseo de seguirme hasta matarme por gritarles que yo sólo mato gallinas. No importaba, en definitiva: sólo pensaba en Otilia.

Ya desde que arribé a la cabaña el silencio encarnizado me enseñó lo que tenía que enseñarme. No estaba Otilia. Estaba el cadáver del maestro Claudino, decapitado; a su lado el cadáver del perro, hecho un ovillo en la sangre. Con carbón habían escrito en las paredes: *Por colaborador*. Sin pretenderlo, mi mirada encontró la cabeza del maestro, en una esquina. Igual que su cara, también su tiple se hallaba reventado en la pared: no hubo necesidad de descolgarlo, pensé, absurdamente, y lo único que gritaba en ese instante era *Otilia*, su nombre. Di varias vueltas alrededor de la cabaña, llamándola.

Era el último sitio que me quedaba.

Al fin bajé a la carretera: se olía, en el aire, la gallina asada. Un vómito recóndito se asomó a mis dientes, y allí, en la misma orilla de la carretera, ante el

113

humo de la fogata que circundaba los arbustos opuestos, me puse a devolver lo que no había comido, mi bilis. Ahora sí me matarán, pensaba, mientras caminaba deprisa por la carretera, sin ningún aliento, pero quería correr porque creía todavía encontrar a Otilia en el pueblo, buscándome.

Parecía otro domingo en San José, ya avanzada la mañana: *todos van a donde vienen*, me dije idiotizado, porque ninguna de las caras que salían a mi paso era la de Otilia. La misma Gloria Dorado, a la entrada del pueblo, me lo dijo sin decírmelo: «Tenga fe», me dijo. No lejos de la carretera, a medio centenar de metros, en el pozo, se bañaban algunos soldados; lavaban su ropa, bromeaban.

Cerca de la plaza, en el edificio rectangular que antes fue «el mercado», se oyen voces de hombres que discuten, proponen, rechazan. Alguien habla por un altavoz. Entro, pero la cantidad de cuerpos agolpados en el corredor me impide avanzar. Allí siento por primera vez el calor del mediodía. Desde allí escucho la discusión, incluso distingo, en lo hondo del salón, en el centro de la totalidad de las cabezas, las cabezas del padre Albornoz y el alcalde. Habla el profesor Lesmes: propone desalojar el municipio «para que los militares y la guerrilla encuentren vacío el escenario de la guerra» dice. Replican las voces, a gritos, a murmullos. Unos piensan que deben tomarse la carretera como protesta hasta que el gobierno aparte a la policía de

San José. «Sí», dice Lesmes, «por lo menos que retiren las trincheras del casco urbano, y que cesen los asaltos a la población.» Informan que el ataque ya ha dejado cinco militares, tres policías, diez insurgentes, cuatro civiles y un niño muertos, y al menos cincuenta heridos. No se ve un consenso en la reunión, ¿y qué me importa?, tampoco Otilia se ve; quiero retirarme, pero el compacto grupo de cuerpos recién llegados a mis espaldas me lo impide; en vano intento abrirme paso; todos sudamos, nos contemplamos anonadados, el alcalde descarta las propuestas, pedirá desde ya al gobierno nacional que inicie un diálogo con los alzados en armas, «Tenemos que solucionar este problema de raíz», dice, «ayer fue en Apartadó, en Toribío, ahora en San José, y mañana en cualquier pueblo.» «El desalojo del pueblo es lo que piden», interviene el padre Albornoz, «ya me lo hicieron saber.» «No podemos abandonarlo» replican enardecidos varios hombres, «aquí la gente tiene lo poco que ha conseguido con esfuerzo, y no lo vamos a dejar tirado.» «El desalojo no es la salida» determina el alcalde, y, sin embargo, no es posible ignorar la alarma recóndita por otro asalto inminente al casco urbano, quién iba a suponer que también nos ocurriría a nosotros, dicen aquí, dicen allá, lo repiten: hace años, antes del ataque a la iglesia, pasaban por nuestro pueblo los desplazados de otros pueblos, los veíamos cruzar por la carretera, filas interminables de hombres y niños y mujeres, muchedumbres silenciosas sin pan y sin destino. Hace años, tres mil indígenas se quedaron un buen tiempo en San José, y debieron irse para no agravar la escasez de alimentos en los albergues improvisados.

Ahora nos toca a nosotros.

«Mi casa quedó patas abajo» grita alguno, «¿quién me la va a pagar?» Se oyen risas desconsoladas. El padre Albornoz inicia una oración: «En la bondad de Dios» dice, «Padre nuestro que estás en los cielos...» Cesan las risas. Pienso en Otilia, mi casa, el gato muerto, los peces, y, de un instante a otro, mientras transcurre la oración, logro por fin salir como sostenido por todos los cuerpos, que me empujan hacia la puerta, ¿es que nadie quiere rezar? Afuera se oye el grito de Oye, el vendedor de empanadas: su eco rebota entre la calle que hierve. Camino maquinalmente en dirección a la plaza. Un grupo de hombres, entre los que se encuentran varios conocidos, hace silencio cuando me aproximo. Me saludan con inquietud. Hablan del capitán Berrío, separado temporalmente de su cargo para iniciarse una investigación, «Le harán consejo de guerra, y terminará de coronel en otro pueblo, como premio por disparar a los civiles» predice el viejo Celmiro, más viejo que yo, y tan amigo que evita mirarme a los ojos, ¿por qué te asustas de verme, Celmiro?, sientes lástima, te compadeces, pero decides en todo caso retirarte, rodeado de tus hijos.

Las voces me advierten que el pueblo ha sido sembrado de minas alrededor: será imposible salir del pueblo sin riesgo de volar por los aires, ¿en dónde estaba usted, profesor?, todas las orillas de San José las han plantado de quiebrapatas de la noche a la mañana, ya han desactivado unas setenta, ¿pero cuántas quedan?, carajo, dicen las voces, son tarros de lata, cantinas de leche llenas de metralla y excremento, para corromper la sangre del afectado, qué verriondos, qué vergajos, las voces hablan de Yina Quintero, la joven de quince años que pisó una mina y perdió el oído y el ojo izquierdos, los que vinieron a San José ya no se pueden ir, dicen, y tampoco se quieren ir.

—Voy al hospital —les digo.

Oímos volar un helicóptero. Todos levantamos la cabeza, en suspenso: ahora son dos helicópteros, y nos quedamos un tiempo oyéndolos, viéndolos perderse en dirección a la guarnición.

Yo me alejo.

—Profesor —me advierte alguien, una voz que no reconocí—: En el hospital mataron hasta a los heridos. Usted siga buscando a su señora: ya sabemos que la busca. No está entre los muertos, lo que quiere decir que sigue viva.

Me he detenido, sin volver la cabeza.

—Desaparecida —digo.

—Desaparecida —me confirma la voz.

—¿Y Mauricio Rey?

—Muerto, como todos los heridos. Si hasta mataron al doctor Orduz, ¿no lo sabía? Esta vez trató de esconderse en la nevera donde guardan las medicinas, y lo descubrieron: acribillaron la nevera entera, con él adentro.

Sigo caminando, sin saber adónde.

—La cosa fue bruta, profesor.

118

–Usted váyase tranquilo y espere.

–Ya le dirán.

–Usted necesita estar tranquilo.

Vuelvo de nuevo a mi casa, de nuevo me siento en la cama.

Oigo el maullido de los gatos sobrevivientes, girando en torno mío. *Otilia desaparecida*, les digo. Los Sobrevivientes hunden en mis ojos los abismos de sus ojos, como si padecieran conmigo. Hacía cuánto no lloraba.

Tres meses después de esa última incursión en nuestro pueblo, tres meses justos –porque desde entonces cuento los días–, llegó, sin que se supiera quién lo trajo, ni cómo, el hijo del brasilero a su casa. Se presentó a las siete de la noche, solo, y contempló a su madre sin un gesto, sin una palabra, detenido igual que estatua en el umbral. Ella corrió a abrazarlo, lloró, él siguió como dormido con los ojos abiertos, definitivamente ido, y no deja de guardar silencio desde entonces. Demacrado, en los huesos, flaco como nunca, porque nunca estuvo flaco, parece un niño empujado por fuerza a la vejez: hermético y huraño, no hace otra cosa que seguir sentado, recibe la comida, llora a solas, espantado, escucha sin escuchar, mira sin mirar, cada mañana se despierta y cada noche se duerme, no responde a ninguna voz, ni siquiera a la de su madre, la angustiada y enlutada Geraldina. En un bolsillo de su camisa se encontró la nota enviada por los captores, donde especificaban a qué Frente pertenecían, con quién debía entenderse Geraldina y qué precio exigían por la vida del brasilero –a Gracielita no la mencionaron siquiera.

Geraldina empezó a vivir como petrificada en el miedo: se le ordenó no dar detalle a nadie de las indicaciones, so pena de la inmediata ejecución de su marido. Abrumada, sin decidirse a actuar, no pudo evitar hacernos confidentes de su tragedia a Hortensia Galindo y a mí, que nos encontrábamos con ella cuando la aparición de su hijo, y que no sabemos cómo ayudar, qué solución proponer, qué hacer, porque a los tres nos sucede exactamente lo mismo, a mí con el agravante de no recibir noticias todavía de Otilia –mi Otilia sin mí, los dos sin los dos–. Geraldina se limita a esperar la llegada de un hermano, desde Buga, que «la ayudará». Ahora su total preocupación se vuelca por completo en la reserva de muerto de su hijo; en vano procura despertarlo de la pesadilla en que se encuentra: lo rodea minuto a minuto, pendiente de cada uno de sus gestos, y recurre desesperada a una especie de juegos como cantos alucinados, donde quiere convencerse, inútilmente, de que él participa, él, un niño que parece momificado, metido en una urna. Pensó llevarlo a Bogotá, con los especialistas, pero alejarse de la zona donde se halla prisionero su marido la disuade. La joven médica, a quien correspondió en suerte nuestro pueblo para llevar a cabo su año rural, una de las pocas sobrevivientes del ataque al hospital, le ha dicho –pretendiendo tranquilizarla– que el delicado trance en que se halla su hijo no puede sino remediarse con el tiempo y mucha tranquilidad: y sí, la incertidumbre que reina en San José es acaso parecida a la tranquilidad, pero no lo es; desde temprano la gente se recoge en sus casas; los pocos negocios que insisten abren sus puertas desde la mañana hasta sólo parte de la tarde; después las puertas se cierran y San José agoniza en el calor, es un pueblo muerto, o casi, igual que nosotros, sus últimos habitantes. Solamente los perros y los cerdos que husmean entre las piedras, los gallinazos aleteando sobre la rama de los árboles, los eternamente indiferentes pájaros parecen los únicos en no darse cuenta de esta muerte viva. Porque de nuevo somos noticia; aumentan los muertos, a días: después del ataque, de entre las ruinas de la escuela y el hospital, otros cadáveres aparecieron: Fanny, la portera, con una esquirla de granada que atravesaba su cuello, y Sultana García, la madre de Cristina, que apareció acribillada debajo de unos ladrillos «todavía con la escoba en las manos» –comentario amargo de las gentes–. Comprender que estuve con ellas, horas antes de su muerte, me deja de pronto pasmado, haga lo que haga, me encuentre solo o acompañado, muerto por Otilia, ¿qué tal que aparezca igual que ellas?, me hace abrir la boca como idiotizado, abrir los brazos como si espantara sombras, abrir más los ojos como si yo mismo ya mismo pensara me estoy volviendo loco al filo de este acantilado y sintiera convencido que una mano puede empujarme en el instante menos pensado, en este preciso instante, ya, ahora.

Otras minas quiebrapatas han estallado, o «se dejan oír» –otro comentario de las gentes– en los alrededores, afortunadamente sin víctimas humanas, por ahora; sólo un perro antiexplosivos (que fue enterrado con honores), otro perro callejero, dos cerdos, una mula, y un camión militar, sin heridos. Es extraordinario; parecemos sitiados por un ejército invisible y por eso mismo más eficaz. No llega todavía un médico que reemplace al difunto Gentil Orduz, ni asoma por las calles otro borracho lúcido parecido a Mauricio Rey. El profesor Lesmes y el alcalde viajaron a Bogotá; sus peticiones para que retiren las trincheras de San José no son escuchadas. Por el contrario, la guerra y la hambruna se acomodan, más que dispuestas. Los cientos de hectáreas de coca sembradas en los últimos años alrededor de San José, la «ubicación estratégica» de nuestro pueblo, como nos definen los entendidos en el periódico, han hecho de este territorio lo que también los protagonistas del conflicto llaman «el corredor», dominio por el que batallan con uñas y dientes, y que hace que aquí aflore la guerra hasta por los propios poros de todos: de eso se habla en las calles, a horas furtivas, y se habla con palabras y maldiciones, risa y lamento, silencio, invocaciones. Yo extraño, y no voy a negarlo, la conversación del médico Orduz y la de Mauricio Rey, porque también el padre Albornoz decidió morirse –a su manera: abandonó San José en compañía de su sacristana, y sin despedirse–; llegó en su reemplazo un sacerdote más espantado que desconocido, recién ordenado, el padre Sanín, de Manizales.

Tampoco se salva Chepe del ventarrón de la muerte. No mataron a su esposa embarazada, es cierto, pero se la llevaron: se encontraba en el hospital, una consulta de rutina, cuando empezó el ataque. A Chepe le dejaron un papel debajo de la puerta: «*Usté señor tiene una deuda con nosotros, y por eso nos llevamos a su mujer embarazada. Tenemos a Carmenza y necesitamos 50 millones por ella y otros 50 por el bebé que está por nacer, no vuelva a burlarse de nosotros*». La noticia de este doble secuestro no demoraría en informarse a través del periódico, bajo el rótulo: «Angélica, secuestrada antes de nacer». El mismo Chepe, entrevistado, cándido en mitad de su dolor, había revelado a la periodista el nombre que pensaban poner a su hija. La periodista, una joven pelirroja que cubre el reciente ataque a San José, no sólo publica sus artículos en el periódico, sino que realiza entrevistas en vivo para un noticiero de televisión. Escoltada por dos oficiales, además de su camarógrafo, llegó a San José en uno de los helicópteros destinados a evacuar a los soldados malheridos –y a los muertos– a sus sitios de origen. Pudo lograr esa dispensa militar porque es sobrina del general Palacios. Se pasea indolente desde hace días bajo el sol, que en este mes se ha recrudecido, la roja cabellera guarnecida por un blanco sombrero de paja, oculta la mirada detrás de unos anteojos negros. Hoy en la mañana la vi pasar ante mi puerta: se detuvo un instante, pareció dudar; miró a su camarógrafo como si lo interrogara; el joven hizo una mueca de impaciencia. La periodista se preguntaba seguramente si era yo, un solo viejo sentado a la vera de mi casa, un buen motivo para una foto. Decidió que no y continuó su camino. La reconocí: ya la había visto en la tele, donde Chepe. Aquí, en este pueblo, quemada por el sol, no parece encontrarse a gusto. Siguió su merodeo por las calles explotadas, las casas despedazadas. Lenta, la verde camiseta empapada de sudor –en la espalda, en la juntura de los pechos–, se diría que camina a través del infierno, la boca fruncida en el tormento. «Gracias a Dios mañana nos vamos, Jairito» oí que le dijo a su camarógrafo.

Yo había salido de mi casa, desde la madrugada, a sentarme a la vera de la puerta, como hacía Otilia siempre que me esperaba. Veía todavía la niebla en el sol, pertinaz, ese desastre que no sé por qué los que quedamos nos empecinamos en ignorar. Recordar a Chepe y su mujer embarazada, ¿cómo hicieron para llevársela?, ¿cómo hacen para trasladar gordísimos como Saldarriaga, forzándolos a subir y bajar kilómetros?, me ayudó a caminar. Tenía que acompañar a Chepe. Mejor que sentarse a confirmar la ausencia de Otilia era oír a alguien.

Son las ocho de la mañana y llego a su tienda. Algunos están sentados a su lado, en una de las mesas del corredor, en completo silencio; beben café. Otros, dispersos, beben cerveza, fuman. No hay música. Chepe me saluda con la cabeza. Yo me siento con él, frente a él, en una silla incómoda, que cojea.

—Entonces, eso quiere decir que la matarán —me dice Chepe. Se me queda mirando fijamente, demasiado, ¿borracho?, y me enseña una nota, que yo no acepto, pero cuyo contenido doy a entender que ya conozco—. ¿De dónde voy a sacar ese dinero? —me pregunta—. Carajo, profesor, de dónde.

¿Qué puedo responder? Seguimos en silencio. La muchacha de la margarita en el pelo me trae un pocillo de café. Ya no lleva la margarita, y el rostro es sombrío. Se resiente, acaso, de que la mire con detenimiento. Se aleja, descontenta. Ya no nos oye, como antes, no quiere oírnos. Descubro las botellas de aguardiente debajo de la mesa.

—¿De dónde? —nos pregunta Chepe a todos.

No sabemos si se ha echado a reír, o llorar, pero su boca se distiende, su cabeza tiembla.

—Explícales eso mismo, Chepe —le dicen.

—Negocia con ellos, negocia. Eso hacen todos.

Veo, detrás de Chepe, varias cabezas de vecinos; algunos se sonríen en silencio, al punto del chiste, porque a pesar de que estallen las balas y salpique la sangre siempre hay alguien que se ríe y hace reír a los demás, a costa de la muerte y los desaparecimientos. Esta vez sólo fueron mitades de una ironía algo piadosa: las lágrimas de Chepe parecían risas.

Él se repone. Es como si se tragara las lágrimas.

—Y usted, profesor, ¿sabe algo de su mujer?

—Nada.

—No demoran, profesor, en informarlo —dice alguien—. Deben encontrarse calibrando sus tesoros.

127

Y otro:

–Profesor, pásese por la oficina de correos. Había dos cartas para usted.

–¿De verdad? ¿Entonces hay servicio de correo?

–No se ha caído el mundo, profesor –dice uno de los que reía.

–Y tú qué sabes –le digo–, a ti no se te ha caído el mundo, a mí sí.

Acabo con mi café y dejo la tienda de Chepe, directo a la oficina de correos. Deben ser cartas de mi hija, pienso. Cuando ocurrió lo de la iglesia nos escribió preguntándonos si queríamos ir a vivir con ellos, nos aseguró que seríamos bien recibidos por su marido, nos suplicó que pensáramos en nuestros nietos. Ni Otilia ni yo lo dudamos: de aquí no nos íbamos nunca.

Son dos cartas de mi hija. No las leo en la oficina de correos, y regreso otra vez a mi casa, como si Otilia me esperara allí, para leerlas. Al llegar encuentro a varios niños agazapados en círculo sobre la tierra, al filo del andén. Les pido permiso para pasar, pero siguen quietos, las cabezas casi tocándose. Me asomo por encima y descubro las manos de los niños extendidas, delgadas y morenas en torno a la granada de mano. «La granada», me grito, «sigue aquí.»

–A ver –les digo.

El mayor de los niños se decide, aferra la granada y salta para atrás. Los demás hacen lo mismo. Los he asustado. «No puede ser» pienso, guardándome las cartas de mi hija en el bolsillo, «voy a estallar antes de leer tus cartas, María.» Alargo las manos, pero el niño no parece dispuesto a entregarme la granada: «No es suyo», me dice. Los demás voltean a mirarme, a la expectativa. Saben muy bien que si echan a correr yo no podría alcanzarlos nunca. «Tampoco tuyo» le digo, «de ninguno. Dame, que estalla, ¿es que quieres estallar como ese perro que enterraron con honores?» Ruego por dentro que este niño se encontrara entre quienes presenciamos el entierro del perro con honores, a un lado del mismo cementerio, cuando tocaron las cornetas. Y sí, debe saber muy bien a qué me refiero porque de inmediato me la entrega. De algo sirvió ese entierro público. Los otros niños retroceden sólo unos pasos, alejándose de mí, pero sin dejar de rodearme. «Váyanse» les digo, «déjenme solo con esto.» No me dejan, me siguen –a prudente distancia, pero me siguen–, ¿y yo, adónde?, avanzo por las calles con una granada en la mano, acompañado de niños. «Que se vayan» les grito, «no sigan detrás, esto nos estalla a todos.» Continúan, impertérritos, y hasta me parece que salen de las casas más niños que se interrogan a susurros con los primeros, y permanecen a mis espaldas, inconmovibles, ¿de dónde asoman tantos niños?, ¿no se fueron? Por fin oigo la voz aterrada de un hombre: «Bote eso bien lejos, profesor, qué hace». Después el eco de otra voz, de mujer, espantando a los niños: «A sus casas» les grita. Los niños no la obedecen. Mudos, impasibles, esperan seguramente a que un viejo estalle ante ellos, sin suponer jamás que también ellos estallarían. Las puertas de más casas se abren, la voz de mujer da ahora chillidos. Yo voy directo al acantilado. Rebaso la fábrica de guitarras abandonada. Cruzo frente a la casa de Mauricio Rey, casi al trote. Me detengo al borde del acantilado. Ahora los niños se acercan demasiado, incluso uno de ellos, el más pequeño, desnudo de la cintura para abajo, me tiene aferrado por la manga, «Vete de aquí», le digo. El sudor me obliga a cerrar los ojos. Estoy seguro que cuando levante el brazo y arroje la granada, sólo por la fuerza que tendré que hacer para arrojarla, estallará en mi mano y reventaré, rodeado de niños, acompañado por un montón de niños, Dios sabe que alguien en el pueblo se reirá de esto tarde o temprano: *al estallar el profesor Pasos se llevó con él un buen número de niños* –me digo, notando la dura superficie de la granada en mi mano, un animal con fauces de fuego que me disolverá en un soplo, si me encontrara solo, por lo menos, esto resultaría indoloro, no tendría que esperar por ti, Otilia, ¿no te dije que yo sería el primero?, los niños permanecen detrás mío, hago un vano y último intento por que se alejen, procuro espantarlos con gestos, y, por el contrario, se agrupan más en torno a mí, voces de mujeres y de hombres los llaman a lo lejos, yo elevo el brazo y arrojo el animal al acantilado, oímos el estampido, nos encandilan los diminutos fogonazos que saltan desde el fondo, las luces pintadas que trepan fragorosas por la rama de los árboles, al cielo. Yo me vuelvo a los niños: son caras felices, absortas –como si contemplaran fuegos artificiales.

Regreso a la casa, por entre rostros de mujeres congestionadas; se han enterado demasiado tarde y vienen por sus hijos, algunas los abrazan, otras los reprenden, emplean la correa, como si ellos tuviesen la culpa, pienso, oyendo que los hombres me interrogan, pues ahora son hombres y mujeres los que me siguen,

131

«¿Dónde estaba esa granada, profesor?» «En mi calle», y, por dentro, me carcome esta vergüenza que aún no soy capaz de admitir: olvidar esa granada durante meses: las hierbas debieron crecer alrededor, cubriéndola –pienso, para justificarme–, haciéndola parecer una flor gris, sepultándola. Hombres y mujeres vienen conmigo hasta mi casa, y entran conmigo, como a su casa, ¿qué celebramos?, ¿a quién derrotamos?, es mejor así, hacía tiempos que nadie entraba en esta casa como a un jolgorio intempestivo, ¿y si Otilia saliera de pronto de la cocina?, me felicitan, alguien corea mi nombre, se enteran las demás gentes, en un minuto; yo sólo quisiera sentarme a leer las cartas de mi hija, pero a solas. Imposible. Ahora llegan Chepe y los que bebían en la tienda. Uno de ellos me extiende una copa de aguardiente, que yo bebo sin respirar. La gente aplaude. Noto que mi mano tiembla, ¿es que tenía miedo?, claro que tuve miedo, estoy orinado –descubro, pero no por el miedo, me repito, es la vejez, simple vejez–, y me encierro en mi cuarto, a cambiarme de ropa. Allí ninguna vergüenza me invade, no tengo culpa de perder la memoria, de eso ningún viejo tiene la culpa, me digo. Me he puesto otro pantalón y así me quedo, sentado en la cama, las cartas en mi mano, reconozco de nuevo la letra de mi hija, pero quiero leer a solas, tendré que despedir a estos amigos, «Qué ocurre, profesor» me gritan del otro lado, «salga a atendernos», y ríen y aplauden cuando salgo, «profesor, ¿no tiene música?»

En el huerto los mismos niños que encontraron

la granada se pasean, seguramente a la búsqueda de más granadas que alarguen la fiesta, en realidad admirados del árbol partido por la mitad, del naranjo carbonizado, de los escombros de la fuente de peces, las flores marchitas en los despojos –se entristecerá Otilia cuando vuelva, porque olvidé regar sus flores–. Varias vecinas se apoderan de la cocina, encienden la estufa de carbón y preparan café para todos, «¿De qué se alimenta usted, profesor?, Dios tendrá que apiadarse, Otilia volverá, tenga fe, nosotras rezamos por ella todos los días.» Los dos Sobrevivientes, amedrantados, contemplan a la muchedumbre desde el muro. Por entre el boquete distingo la figura de negro de Geraldina, acompañada de su hijo enmudecido. Algunas comadres le cuentan de la granada. De nuevo me ofrecen un trago, que bebo otra vez, de un tirón. De verdad –le digo a Chepe en secreto, como si se lo gritara–, me hubiera gustado estallarme, pero solo. «Lo entiendo, profesor, lo entiendo», me dice él, los ojos enrojecidos. De entre las mujeres se adelantan Ana Cuenco y Rosita Viterbo, me llevan aparte un instante, con ellas. «Profesor, ¿por qué no se va con nosotras, con nuestras familias?», me preguntan. Yo les digo que adónde. «A Bogotá», me dicen. Yo les digo que no entiendo. «Se lo suplicamos, profesor, ya lo tenemos todo listo, hoy mismo nos vamos. En Bogotá podrá esperar por Otilia, desde allá ventilará mejor las cosas. O váyase donde su hija, pero váyase cuanto antes, deje este pueblo.» «Claro que no me voy» les digo, «no se me había ocurrido.» Después de algunos rodeos me dicen que quieren comprar, para llevárselo de recuerdo, nuestro antiguo San Antonio de madera. «Es milagroso, y, en todo caso, nosotras se lo guardaremos a Otilia mejor de lo que usted puede hacerlo.» «¿Milagroso?» les digo, «pues aquí se le olvidaron los milagros», y les regalo el San Antonio de madera, «pueden llevárselo cuando quieran.» Ellas no se hacen de rogar, conocen muy bien el camino. Con extremada cautela, me parece, desaparecen con la pequeña estatua del San Antonio, acunada en sus brazos como un niño, justo cuando ya empiezo a dudar y preguntarme si Otilia estaría de acuerdo con mi decisión de regalarlo, pero no alcanzo a llamarlas: en ese momento la gente abre campo a alguien, y se distancian de mí, como si me señalaran.

Es la joven periodista, el camarógrafo, dos oficiales.

–Permítame felicitarlo –me dice ella, y extiende una mano suave, demasiado, con la que me atrae blandamente. Y me ha dado un beso en la mejilla, sin soltarme la mano: es la misma sonrisa con que empieza a presentar sus programas. El camarógrafo dispone su cámara, se inclina un instante sobre el aparato, oprime uno de los botones, «Sólo dos preguntas, profesor» sigue diciendo ella. Huele a jabón, como si se hubiese acabado de bañar, ¿por qué esta vez el olor a jabón de una mujer me descompone? Es bella, el pelo rojo y mojado, el blanco sombrero en la mano, pero no parece real, a mi lado. Ella y su camarógrafo se me antojan de otro mundo, ¿de qué mundo vienen?, se sonríen con rara indiferencia, ¿son los anteojos oscuros?, quieren acabar pronto, se nota en sus ademanes, ella vuelve a decirme algo, que ya no escucho, no quiero escuchar, hago un esfuerzo por entenderla, está simplemente cumpliendo con su trabajo, podría ser mi misma hija trabajando, pero no puede ser mi hija, no quiero ni puedo hablar: doy un paso atrás, con un dedo me señalo la boca, una, dos, tres veces, indicándole que soy mudo. Ella ha entreabierto la boca, y me mira sin creerlo, pareciera que va a reír. No. Algo como la indignación la alienta: «Qué señor maleducado», dice.

–Hoy el profesor ha decidido ser mudo –grita alguien. Lo sigue una explosión de risotadas. Voy hasta mi cuarto, cierro la puerta, y allí me quedo, de pie, la frente apoyada contra la madera, oyendo cómo lenta y progresivamente las gentes se van. El cercano maullido de los Sobrevivientes me alienta a salir. No hay nadie en la casa, pero han dejado abierta la puerta, ¿qué horas son?, no se puede creer: atardece. Ni siquiera el hambre me avisa del tiempo, como antes. Tengo que acordarme de comer. Debo olvidarme, seguramente, porque no hay luz eléctrica. Voy hasta la entrada de la casa, al andén, y allí me hundo en la silla de Otilia, a esperarla, mientras leo las cartas de María, a la última luz del atardecer. En las dos cartas nos dice lo mismo, acaso demasiado tarde: que vayamos a vivir con ella, a Popayán, que su marido está de acuerdo, que lo exige. Que tú le escribas, Otilia, que por qué dejaste de escribir. Ahora tendré que escribir por ti. Y qué le digo. Le diré que Otilia está enferma, que no puede escribir

135

y manda sus saludos, será una mala noticia –pero con un resto de esperanza, mil veces mejor que decir que lo peor es cierto, que su madre está desaparecida–. Todavía no queremos irnos, le diré, ¿para qué irnos, a estas alturas?, serían tus propias palabras, Otilia: en todo caso gracias por el ofrecimiento y que Dios los bendiga, tendremos en cuenta lo que nos brindan, pero es de pensar: necesitamos tiempo para dejar esta casa, tiempo para dejar lo que tendremos que dejar, tiempo para guardar lo que tendremos que llevar, tiempo para despedirnos para siempre, tiempo para el tiempo. Si nos hemos quedado aquí toda una vida, ¿por qué no unas semanas?, nosotros aquí seguiremos esperando a que esto cambie, y si no cambia ya veremos, o nos vamos o nos morimos, así lo quiso Dios, que sea lo que Dios quiera, lo que se le antoje a Dios, lo que se le dé la gana.

—Profesor, no se duerma allí sentado.

Me despierta un vecino que sé que conozco, pero no reconozco, ahora. Lleva en la mano una lámpara de gasolina, encendida a medias: nos ilumina, a ramalazos, el haz amarillento, espeso de mosquitos.

—Se lo van a comer vivo —dice.

—Qué horas son.

—Es tarde —dice con mortificación—, tarde para este pueblo; quién sabe para el mundo.

—También —le digo.

No se da por aludido. Cuelga la lámpara del picaporte y se acuclilla, la espalda contra la pared, se despoja del sombrero, lo usa a modo de abanico, y muestra la cabeza rapada, sudorosa, la cicatriz en la frente, las diminutas orejas, la nuca ampollada. Debo saber quién es, pero no me acuerdo, ¿es posible? Distingo, en la penumbra, que tiene un ojo desviado.

—Entremos —le digo—, haremos un café en la cocina.

No sé por qué se lo digo, si en realidad quisiera ir a dormir a la cama, por fin, a despecho del mundo —que no me preocupen los desaparecimientos, que no se inmiscuyan conmigo, me quiero dormir sin conciencia, por qué se lo digo si, además, este hombre, quienquiera que sea en mi recuerdo, me produce un fastidio y malestar insoslayables, ¿es su olor a gasolina, el timbre de su voz, esa torcida manera de expresar las cosas?

Una vez en la cocina, cuando ve que yo prendo una vela, apaga su lámpara, «Para economizar», dice, aunque ambos sabemos que también las velas escasean en el pueblo. Se arrodilla en el piso y se pone a jugar con los Sobrevivientes. Es raro: los Sobrevivientes no admiten que nadie los toque sino Otilia, y ahora maúllan, se enroscan golosos alrededor de los brazos y piernas del hombre. Va descalzo, los pies sucios de polvo, de barro agrietado: si no dudara de mis ojos, flotando en las sombras, yo diría que sucios de sangre.

–Usted es el primero que me invita a un café en este pueblo –dice, y, después, sentándose donde se sentaba Otilia–: en años.

Mientras esperamos que se reaviven los carbones de la estufa, que hierva el agua, yo le doy de comer a los Sobrevivientes –arroz mojado en sopa de arroz.

–Profesor, ¿usted mismo cocina?

–Sí. Lo suficiente.

–¿Lo suficiente?

–Para no morir de hambre.

–Pero su señora cocinaba y usted sólo comía, ¿cierto?

Así era, pienso. Me vuelvo a mirar al desconocido: irreconocible, ¿por qué pierdo la memoria cuando más la necesito? Bebemos en silencio, sentados alrededor de la estufa. Agradezco el sueño que siento. Esta noche sí podré dormir, espero no soñar, simplemente no soñar, si me hubiese dormido afuera, en la silla, me dolería la espalda al día siguiente, dormiré en la cama y me convenceré por unas horas que duermo contigo, Otilia: qué esperanza.

Sin embargo, el desconocido-conocido no se despide.

Allí sigue, a pesar de que ambos acabamos en tres sorbos nuestras tazas, a pesar de que no queda café en la olla, a pesar de los pesares –me impaciento–. He sido amable con él; al fin y al cabo no dejó que me durmiera la noche entera en la silla: a Otilia no le hubiese gustado que yo despertara afuera en la calle y el pueblo entero mirándome, «Bueno», le digo, «tendré que despedirme, quiero dormir, ojalá de una buena vez y para siempre.»

–¿Es cierto, profesor –pregunta sin que le importen un rábano mis palabras–, es cierto que Mauricio Rey se fingía borracho para que no lo mataran?

–¿Quién dice eso? –respondo, sin lograr evitar esta suerte de rabia que no consigo vencer desde que se llevaron a Otilia–: Mauricio bebía de verdad. No creo que sus botellas fueran de agua.

–Claro que no, seguramente.

–Olían a alcohol puro.

Volvemos a hacer silencio, ¿por qué me pregunta eso?, ¿desde cuándo no se mata a los borrachos, aquí? Son los primeros que matan, y tiene que ser fácil, por su indefensión, los sobrios son mayoría –decía Mauricio Rey–. La vela se extingue, y no voy a renovarla.

Casi estamos a oscuras. Lo escucho suspirar mientras enciende su lámpara, y se incorpora. A la luz amarilla, terrosa, que hace de la cocina una especie de sombra de llamas, veo que los Sobrevivientes se han ido, Otilia tampoco está en la cocina, Otilia en ninguna parte.

Sólo cuando se va el desconocido yo me acuerdo: es Oye, el vendedor de empanadas, ¿qué hace aquí?, debí decirle, a pesar de todo, que se quedara en mi casa, porque a estas horas, con semejante oscuridad, aunque lleve su lámpara en la mano, fácilmente lo confunden con cualquiera al que hay que matar, ¿por qué dije que fastidiaba?, un tipo infortunado, ¿qué culpa tiene de no caerle bien a nadie? Enciendo la vela y salgo a la puerta, con la esperanza de encontrarlo –divisarlo a lo lejos, llamarlo–. La luz de su lámpara ha desaparecido.

Escucho sólo unos gemidos en la noche, ¿sollozos de niña?, y luego el silencio, y después otro lloro, alargado, casi un maullido, muy cerca de mi casa, en la verja de la casa de Geraldina, que oscila, chirría. Para allá voy, protegiendo la luz de la vela en el hueco de mi mano: no hace falta, no tiembla un ápice de viento, y el calor parece más grande, afuera. La vela se derrite con rapidez. Es una muchacha, descubro, de pie, recostada contra la verja, y, frente a ella, estregándola, una sombra que puede ser un soldado. «Qué hace aquí, viejo, qué mira» me dice con un suspiro el soldado, disminuyendo la acometida, y, como yo sigo en mi sitio, todavía sorprendido de descubrir algo tan distinto a lo que imaginaba –yo pensaba en quejidos de la peor agonía–, la luz de la vela se ensancha, abarcándonos, y ellos entonces se detienen, con el gesto de un solo cuerpo ofuscado. En el ramalazo de luz distingo el rostro de Cristina, la hija de Sultana, observándome con una sonrisa espantada, por encima del brazo del soldado. «Qué mira» repite el muchacho como una amenaza definitiva, «lárguese.» «Déjalo mirar» dice de pronto Cristina, asomando mucho más su cara sudorosa, examinándome, «que a él le gusta.» Noto en su voz que está borracha, drogada. «Cristina» le digo, «cuando quieras venir, aquí está tu casa, hay una cama.» «Sí, ya voy», me dice, «Ahorita mismo, pero acompañada.» Ella y el soldado sueltan a reír, y yo me aparto, tambaleando. Los dejo, hostigado por las suaves burlas que decaen, a mis espaldas, en la noche cerrada. Así he vuelto a mi casa, a mi cama –derrotado por la inclemente voz de Cristina, por sus palabras.

A la luz de la vela me miro los zapatos, me quito los zapatos, me miro los pies: mis uñas se enroscan como garfios, también las uñas de mis manos son como de ave de rapiña, es la guerra, me digo, algo se le pega a uno, no, no es la guerra, simplemente no me corto las uñas desde que Otilia no está; ella me las cortaba a mí, y yo a ella, para no tener que encorvarnos, recuérdalo: que no nos dolieran los cuerpos, y tampoco me rasuro la barba, ni me corto este pelo que a pesar de lo viejo se empeña en no desaparecer, una mañana me di cuenta, sólo una mañana me miré sin pretenderlo al espejo y no me reconocí: con razón la última vez Geraldina me observó con aprensión, deplorándome, igual que las gentes, hombres y mujeres que de unos meses para acá detienen la conversación cuando me acerco, me miran como si me hubiese vuelto loco, ¿qué me dirías tú, Otilia, cómo me mirarías?, pensar en ti sólo duele, triste reconocerlo, y sobre todo acostado en la cama, bocarriba, sin la vecindad viva de tu cuerpo, tu respiración, las ilusorias palabras que pronunciabas en sueños. Por eso me obligo a pensar en otras cosas, cuando intento dormir, Otilia, aunque tarde o temprano hablo contigo y te cuento, sólo así empiezo a dormir, Otilia, después de repasar un trecho de mi vida sin ti, y logro dormir profundo, pero sin descansar: me soñé con los muertos, Mauricio Rey, el médico Orduz, seguramente la conversación con Oye me hizo recordarlos a la hora de empezar a dormir, y hablar de viva voz sin darme cuenta, como si tú me escucharas, «Qué tal esta vida», le digo a Otilia invisible, «Mauricio Rey y el médico muertos, y seguro que Marcos Saldarriaga sigue vivo».

–Deja que viva el que viva –me diría Otilia, estoy seguro–, y que muera el que muera, tú no te metas.

Casi escucho su voz.

En varias ocasiones Marcos Saldarriaga se refirió al médico Orduz como un colaborador de la guerrilla: acaso por eso los paramilitares quisieron llevárselo a la fuerza, para pedirle cuentas, o pretender sus servicios: decían bromeando sus pacientes que Orduz sabía usar su bisturí como el mejor asesino. En todo caso el mal estaba hecho y no cesaron las amenazas, directas o veladas, en contra del médico, estorbándole la vida. Se decía, absurdamente, que prestaba los cadáveres del hospital con el fin de traficar, dentro de ellos, la cocaína, que era un hombre clave en el contrabando de armas para la guerrilla, y disponía de las ambulancias a su antojo, llenándolas al tope de cartuchos y fusiles. Orduz se defendía con la imperturbable sonrisa; atendía al general Palacios, era amigo de soldados y oficiales, sin importar su rango: nadie se quejaba de su eficacia de médico. Y, sin embargo, el mal estaba hecho, porque sea cual sea la verdad moriría bajo el fuego de la guerra.

Un mal parecido le ocurrió a Mauricio Rey, también a cargo de Saldarriaga. Desde muchos años antes eran enemigos políticos, desde que Adelaida López, primera esposa de Rey, se presentara como candidata a la alcaldía. Era una mujer emprendedora y clara como el día, según decían sus consignas, y sí, como una excepción a la regla, las consignas decían la verdad: clara como el día, emprendedora: acaso por eso mismo resultó asesinada a bala y garrote: cuatro hombres, todos portando armas de fuego, uno de ellos con un garrote en las manos, llamaron a casa de Rey: le pidieron a su mujer que saliera a la calle. Ambos se negaron. Empezaba la noche, y también uno de los crímenes más dolorosos de que se tenga recuerdo en este municipio –como señalan los periódicos–: los hombres se cansaron de esperar, entraron en la casa y sacaron a Adelaida por la fuerza, junto con Mauricio. El del garrote empezó a golpear a la mujer en la cabeza mientras Mauricio permanecía en el piso bocabajo, encañonado. Su hija única, de trece años, salió detrás de sus padres. Le dispararon a madre e hija. La menor murió en el acto, al tiempo que Mauricio alzaba en brazos a su mujer y la llevaba al hospital donde minutos más tarde falleció, luego de los inútiles esfuerzos de Orduz –que procuró salvarla hasta el último momento–. También absurdamente, desde entonces, la amistad del médico y Mauricio se resquebrajó, y todo porque Mauricio, en sus más amargas borracheras, no dudaba en fustigar y reprochar al médico, de manera injusta, pero desesperada, tildándolo de inepto.

Uno de los asesinos, detenido semanas más tarde, aceptó ser miembro de las Autodefensas de la región. Dijo que sus jefes se reunieron en tres oportunidades para planear el crimen, porque la mujer de Rey tomaba fuerza en sus aspiraciones a la alcaldía, y porque públicamente se negó a tener acercamientos con los paramilitares de la zona: el plan contó con la participación de un ex diputado, dos ex alcaldes, y un capitán de la policía. Aunque en ningún momento el asesino mencionó el nombre de Marcos, siempre se pensó que Marcos tenía que ver con el asunto. Por eso mismo Rey no se recuperó jamás de los crímenes cometidos en su familia y se dedicó a beber sin remedio, y en cualquier momento de cualquier borrachera recordaba que Marcos había difamado a su esposa más de una vez, y que era culpable. Años después volvió a casarse, y tampoco eso lo salvó de la memoria; nunca se explicó él mismo por qué no lo mataron el día que mataron a su mujer y a su hija, aunque advirtió permanentemente que tarde o temprano intentarían desaparecerlo. Muchos ironizaban a sus espaldas, arguyendo que se fingía borracho perdido para que lo compadecieran.

Todos estos hechos hicieron de Marcos Saldarriaga el hombre invulnerable de San José, porque parecía entenderse con la guerrilla, los paramilitares, los militares, los narcotraficantes. Eso explicaba el origen de su dinero, que debía tener múltiples orígenes: colaboró con grandes sumas en las actividades humanitarias del padre Albornoz, entregó millones al alcalde, para obras de beneficencia –que según Gloria Dorado el alcalde desvió en su propio favor–, millones al general Palacios, para su programa de Protección de Animales, proveyó de uniformes y avío a los soldados de la guarnición, les organizó fiestas descomunales, y empezó a comprar tierras a los campesinos, desaforado, por las buenas o las malas: daba la suma que él consideraba, y el propietario que no accediera desaparecía, hasta que le correspondió desaparecer a él mismo, quién sabe a manos de quién, de qué fuerzas (el difunto maestro Claudino, que fue llevado con él, nunca lo comprobó, nunca supo quiénes eran, ni les preguntó), lo cierto es que Saldarriaga desapareció dejando detrás suyo un reguero de odios, pues nadie, en últimas, lo estimaba –aparte de su amante y su mujer, posiblemente–, ni siquiera sus escoltas y mayordomos, que en lugar de llamarlo Saldarriaga lo llamaban «Saporriaga», lo que no impidió, durante cuatro años, que el pueblo de San José se presentara cada 9 de marzo en casa de Hortensia Galindo, a dolerse de su desaparición, comer y bailar.

En mi sueño me pareció que entraba en una casa sin techo, donde el médico y Mauricio, en el patio, sentados uno frente a otro, conversaban; el viento a raudales se regaba desde arriba, como ríos, y me impedía oír qué hablaban, y, sin embargo, yo sabía que era algo que me concernía sólo a mí, que en cualquier instante se iba a decidir mi suerte, que en realidad los dos me confundían con alguien, ¿con quién?, de pronto lo comprendía: ambos se encontraban convencidos de que yo era Marcos Saldarriaga, y así era: en un espejo de cuerpo entero que brotaba repentino a mi lado como un ser vivo mirándome yo me veía con la cara y el cuerpo de Marcos Saldarriaga, el desmesurado y aborrecible cuerpo, «Quién me cambió de cuerpo» les decía. «No te nos acerques, Marcos» gritaban, sus voces casi físicas golpeando en el aire. «Me confunden con Marcos» les decía, pero me pedían que no me acercara, me despreciaban. Otros hombres entraban, muchos, desconocidos, sombras armadas: venían por mí, a desaparecerme, y no podía esperar ayuda de Rey, ni del médico, *sentía* que para ellos era yo el delator, el que señalaba, «Yo no soy Marcos» les gritaba, y los muertos –porque también en mi sueño los dos estaban muertos– insistían en confundirme con Marcos, ¿o era yo realmente Marcos Saldarriaga y aguardaba ser ajusticiado, sin esperanzas?, fue mi última duda, la duda intolerable de los sueños, al tiempo que se remontaban las voces del médico y Mauricio, culpándome, y todavía no escapaba de sus voces cuando llegó a libertarme la voz de Geraldina:

–Profesor, despierte. Está gritando.

Amanecía:

–Profesor no sufra tanto.

De modo que era cierto: allí, ante mí, en la puerta, dentro de mi huerto, dentro de mi casa, dentro de mi cuarto, vestida de negro, aunque por fin con una pañoleta azul-celeste en la cabeza, sobrevivía Geraldina, y a su lado su hijo, de pie, pero dormido.

–Profesor, pensé que no se encontraba en la casa. Lo estuve llamando desde el huerto, perdóneme si lo molesté.

–Era una pesadilla.

–Me di cuenta, lo oí. Decía que usted no era Marcos Saldarriaga.

–Y no lo soy, ¿cierto?

Me observó, alarmada.

Salí de debajo de las sábanas; me había dormido con la ropa puesta. Sentado al borde de la cama, recordé que era un viejo cuando me incliné a buscar mis zapatos: la torpeza y un repentino agujazo en la espalda me paralizaron; ella me pasó los zapatos, anticipándose, porque yo hubiera podido caerme. Me quedé con mis zapatos en la mano, ¿ahora no sería capaz de ponérmelos? Claro que sí: Geraldina, Geraldina en mi cuarto, despertándome, su aparición.

–Usa usted cobijas –se asombró–, y cuántas, ¿no se quema, con este calor?

–La vejez las enfría –le dije.

La imaginé durmiendo, a pesar mío: desnuda, sin cobijas.

–Venga a desayunar con nosotros, profesor, ¿por qué no ha querido visitarnos como antes?

¿Por qué no he querido? Ignoro la respuesta, porque no logro, o no quiero, afrontarla. Avanzo detrás de Geraldina, intentando vanamente desconocer su perfume que asedia, mis ojos explorando involuntaria-

148

mente su espalda enlutada, y en todo caso sorprendiendo, detrás del luto, las piernas, las sandalias, el rutilante movimiento de su cuerpo, su vida entera difundiendo y proclamando, detrás de los velos de la fatalidad que le tocó padecer en este mundo, el acaso inclemente deseo de ser poseída cuanto antes, aunque sea por la muerte (¿yo mismo?) para olvidarse un instante del mundo, aunque sea por la muerte.

Yo mismo.

Así avanzamos en silencio, rodeamos la piscina vacía, sucia de cáscaras, pepas de naranja, estiércol de pájaro. Cierro por un segundo los ojos, porque no quiero recordar a Geraldina desnuda, porque debe ser por eso, sobre todo, que no quiero verla; me resulta doloroso, agotador, sin esperanzas, en mitad de la desaparición de Otilia, atestiguar que mi mente y mi carne se conmueven y padecen por la sola presencia de esta mujer sola en el mundo, Geraldina, su voz o su silencio, aunque la sorprenda de luto, ensombrecida, de luto –cuando se supone que su marido aún no ha muerto.

Nos sentamos a la mesa, ante una vajilla de porcelana que encandila; el sol impregna el comedor. Descubro de pronto que allí se encuentra esperándonos Hortensia, la mujer de Marcos Saldarriaga, como la continuación de la pesadilla: preside la mesa, y, de entrada, me habla con voces tan lastimeras, y suspira tanto que ya muy tarde me arrepiento de aceptar la invitación al desayuno.

—Cuídese, profesor —dice—, que cuando vuelva Otilia no lo vea así, desarreglado. —Se queda un momento observándome—: Porque Dios la ayudará a regresar. Si Otilia murió, ya la hubieran encontrado. Eso quiere decir que sigue viva, profesor, lo sabe el mundo —extiende el brazo y posa la mano gorda y pequeña, blanquísima, un instante, en mi mano—, mire, yo le hablo con franqueza: si se llevaron a mi esposo, que no podía caminar de lo gordo que era, el doble de gordo que yo —aquí sonríe, afligida—, cómo no podían llevarse a Otilia, que no era, o no es, perdón, ni tan vieja ni tan gorda. Espere noticias suyas, llegarán, tarde o temprano. Ya le dirán cuánto quieren. Pero, mientras espera, usted atiéndase, profesor, ¿por qué no se corta el pelo?, no pierda la fe, no se olvide de comer y de dormir, yo sé por qué se lo digo.

La mesa está servida; no parece incluir un desayuno normal, sino el almuerzo y la comida. El niño se sienta al lado mío, los ojos idos, el gesto de un muerto en vida: es más terrible mirarlo, porque es un niño.

Geraldina me señala la mesa.

—Fíjese, profesor. Hortensia nos regala estas langostas.

—Langostas que a mí me regalaron —replica Hortensia, como si se excusara, y veo que traga saliva—. Fue el recuerdo de un almuerzo con el general Palacios. Le enviaron por su cumpleaños ciento veinte langostas vivas. Traídas de Canadá, vivas. Supongo que viajarían con todos los cuidados.

—Y hay plátano aborrajado, profesor —interrumpe Geraldina—. Este plato sí lo hice yo. Usted sabe, profesor, se prepara con un plátano muy maduro, de ese tan negro que ya destila miel, se pone a fritar, después de rellenárselo con queso, de pasarlo por una coladilla de huevos, leche y harina...

—Sólo un café negro —le digo a Geraldina—, por favor.

No sé de qué me hablan estas mujeres. No siento el menor apetito. La única excusa que encuentro para ocultar el cansancio de todo y de todos es dirigirme al niño, fingir que me intereso por él. A fin de cuentas, ¿no se desvaneció mi vida rodeado de niños, lidiando con ellos, alegrándome y padeciendo por ellos? Ahora me encuentro con él. Lo recuerdo rodando en los jardines de su casa, su memoria de juegos, de felicidad, ¿por qué no habla? Ya ha pasado un tiempo suficiente, ¿no es un niño demasiado consentido, ahora?, ¿no merece mejor una reprimenda, un grito por lo menos que lo saque de la ensoñación? Tiene un turrón de piña en la mano, que se dispone a comer. Eso sí, ha engordado, igual que antes, o tal vez más. Yo le quito el turrón de las manos, para sorpresa suya, para sorpresa de su madre, y le digo: «Y Gracielita, dónde está». Me mira estupefacto, por fin mira a alguien, creo. «Bueno», le digo, poniendo mi cara casi encima de la suya, «ahora te toca a ti hablar. Qué fue de Gracielita, qué pasó.»

El solo nombre de Gracielita lo remece. Me mira a los ojos, me entiende. Geraldina ahoga un grito con su mano. Pero el niño sigue sin decir palabra, aunque no deja de mirarme. «Y tu papá» le pregunto, «qué fue de tu papá, cómo quedó.» Los ojos del niño se encharcan, ahora sólo falta que empiece a llorar, y sí, será lo mejor, la excusa lamentable para levantarme de esta mesa disparatada. El niño mira entonces a la gordísima Hortensia Galindo, que ha detenido su mano encima de una de las langostas. Después busca a su madre, y por fin parece reconocerla. Entonces dice, como si se lo hubiese aprendido de memoria:

–Mi papá me dijo que te diga que nos vayamos los dos de aquí que lo recojas todo que no esperes un día así me dijo que te diga mi papá.

Las dos mujeres lanzan una exclamación.

–¿Irnos? –se asombra Geraldina. Ha rodeado la mesa para venir a abrazar a su hijo–. ¿Irnos? –repite, y hunde el rostro, los sollozos, en el pecho de su hijo. Pero luego parece pensarlo con detenimiento, mientras nos observa a Hortensia y a mí. Encuentra, seguramente (lo descubro en sus ojos esperanzados) razones y permiso para irse–. Gracias, profesor, por hacerlo hablar –balbucea, y llora sin desenlazarse de su hijo, lo que no impide que Hortensia empiece a comer. Yo descubro la jarra de café. Me sirvo una taza. He esperado mucho este momento.

–¿Te acuerdas de mí?

El niño asiente. Esta vez soy yo el que se desploma por dentro.

–¿Te acuerdas de Otilia?

Me vuelve a mirar como si no me comprendiera.

Yo no voy a derrotarme.

–Tú te acuerdas de ella, te regaló una cocada una mañana. Más tarde regresaste a pedir otra cocada y ella te regaló cuatro más, para tu papá, tu mamá, Gracielita, y la última para ti, te acuerdas, ¿no?

–Sí.

–¿Te acuerdas entonces de Otilia?

–Sí.

–¿Estaba Otilia allá donde se llevaron a tu padre?, ¿estaba Otilia con Gracielita, contigo, con los desaparecidos?

–No –me dice–. Ella no.

El silencio es absoluto, alrededor. Veo sin querer una langosta, rodeada de arroz, tajadas de plátano. Me disculpo con las mujeres. Siento las mismas náuseas que cuando bajé de la cabaña del maestro Claudino. Vuelvo por el huerto hasta mi casa, a mi cama, de donde me sacaron, y me extiendo bocarriba, como si ya me dispusiera a morir, ahora sí, y solo, a plenitud, aunque maúllen a mi lado los Sobrevivientes encorvados encima de la almohada, «¿Qué día es?», les pregunto, «perdí la cuenta de los días, ¿cuántas cosas han pasado sin que nos diéramos cuenta?», los Sobrevivientes abandonan el cuarto, me quedo más solo que nunca, ahora sí definitivamente solo, es cierto, Otilia, perdí la cuenta de los días sin ti.

¿Lunes? Otra carta de mi hija. Me la trae Geraldina, en compañía de Eusebito. No la abro, ¿para qué? «Ya sé lo que me dice», le explico a Geraldina, y me encojo de hombros, sonriéndome a mí mismo. Sí. Sonriendo y encogiéndome de hombros, ¿por qué no leo la novena carta de mi hija, aunque sea por cariño, aunque sepa de antemano qué me dice? Me pregunta por Otilia, y un día tendré que responderle. Hoy no. Mañana. ¿Y qué le diré? Que no sé, que no sé. La carta resbala de mis manos, es algo muerto, a mis pies. Estamos en el huerto de mi casa, sentados en mitad de los escombros, Geraldina recoge la carta y me la entrega, yo la guardo en el bolsillo, doblándola: entonces se aparece el rostro del niño frente a mí, se planta a mis ojos, igual que cuando yo me asomé a él, en la mesa.

–Usted me preguntó por ella –dice.

–Sí –le digo. Pero ¿quién es ella?, y descubro, ya muy lejos, en la memoria: *Gracielita*: los dos niños se encontraban prisioneros.

La cara del niño se pasma, es un recuerdo veloz, que nos sobrecoge a Geraldina y a mí, sin saber exactamente por qué:

–Estábamos viendo una mariposa –nos cuenta–. La mariposa voló, detrás, o alrededor, no la vimos, se fue: «Me acabo de tragar la mariposa», me dijo ella, «creo que me la tragué, sácamela», me dijo. *Ella abría la boca por entero, era otra, desfigurada por el miedo, las manos en las sienes, los ojos desorbitados de asco, la boca más y más abierta, una inmensa redonda oscuridad donde él creyó descubrir la mariposa iridiscente aleteando en un cielo negro, alejándose hacia adentro y más adentro. Le puso dos dedos encima de su lengua, y presionó. No se le ocurrió más.* «No hay nada», le dije. «Me la tragué, entonces», gritó ella. Iba a llorar.

Vio sus labios empañados del fino polvillo que desprenden las alas de la mariposa. Después vio emerger de entre su pelo la mariposa, revolotear un instante y remontarse al otro lado de los árboles, en el cielo límpido.

«Allí está la mariposa», le grité, «sólo te rozó con las alas.»

Ella alcanzó a distinguir la mariposa desapareciendo. Contuvo las lágrimas. Con un suspiro de alivio comprobó de nuevo que la mariposa volaba lejos, se eclipsaba, lejos de ella. Sólo entonces se miraron por primera vez, y era que realmente se acababan de conocer –en pleno cautiverio–. Una burla recíproca los hizo reír: ¿jugaban y rodaban por su jardín?, juntas las caras, sin dejar de abrazarse, como si ya nunca más quisieran separarse, al tiempo que venían los hombres a llevárselos. Pero él se contemplaba los dedos, todavía húmedos de la lengua de Gracielita.

–Y Gracielita –pregunta Geraldina a su hijo, como

si al fin cayera en cuenta de ello, o comprendiera a última hora que todo este tiempo sólo ha pensado en su hijo–, ¿por qué no la trajeron?

–Iba a venir, ya nos habían subido en el mismo caballo.

La voz del niño tiembla, quebrada por el miedo, el rencor:

–Llegó uno de esos hombres y dijo que era tío de Gracielita, y se la llevó. La hizo bajar del caballo, se la llevó.

–Sólo esto nos faltaba –me digo en voz alta–, que se aparezca Gracielita uniformada repartiéndonos plomo a diestra y siniestra, echando tiros en el pueblo que la vio nacer. –Y me lanzo a reír, sin lograr contener la risa. Geraldina me mira sorprendida, con reconvención; se aleja con su hijo de la mano. Atraviesan el boquete, desaparecen.

Yo sigo riéndome, sentado, el rostro en las manos, incontrolable. La risa me duele en el abdomen, el corazón.

¿Jueves? El alcalde Fermín Peralta no puede regresar a San José. «Estoy amenazado», informó, y nadie precisa por quiénes. Suficiente con saber que *sigue amenazado*, ¿para qué más? No hace mucho su familia abandonó el pueblo, a reunirse con él. Despacha ahora desde Teruel, un pueblo relativamente seguro –si se compara con el nuestro, sembrado de minas, y con la puntualidad de la guerra cada tanto.

El profesor Lesmes regresó únicamente a recoger sus cosas y despedirse. Estábamos con él, seis o siete parroquianos, en la tienda de Chepe, ocupando las mesas de afuera. Entre nosotros se encontraba Oye, distanciado pero alerta, su cerveza en la mano. Por lo visto, Lesmes había olvidado que la mujer de Chepe, y mi propia mujer, se hallan secuestradas:

–¿Sí supieron –nos preguntó casi feliz– que secuestraron un perro, en Bogotá?

Uno que otro se sonrió, admirado, ¿era una broma?

–Lo vi en el noticiero, ¿ustedes no lo vieron? –nos preguntó, sin recordar que nosotros, sin luz eléctrica, ya no teníamos acceso al aparato, y que acaso por ese mismo motivo charlábamos más, o hacíamos silencio común, tardes enteras, donde Chepe.

–Pedían tres millones –siguió contando–. La niña de la familia, la dueña del perro, lloraba por televisión. Decía que quería ser canjeada por su perro.

Para entonces ya nadie sonreía.

–¿Y cómo se llamaba ese perro? –preguntó Oye, extrañamente interesado.

–*Dundi* –le dijo Chepe.

–¿Y? –lo apuró Oye.

–Un pura raza, un cocker español, qué más quieres que te diga, ¿el color?, ¿el olor?, era rosado, con puntitos negros.

–¿Y? –siguió Oye, realmente interesado.

Lesmes nos miró con resignación.

–Apareció muerto –finalizó.

Oye lanzó un tremendo suspiro.

—Es verdad —dijo Lesmes, contrariando la incredulidad de sus oyentes—, la noticia tuvo seguimiento. Faltaba eso, para el país. Un silencio muy largo siguió a sus palabras. Lesmes pidió otra ronda de cervezas. La muchacha que atendía las sirvió, de mala gana. Lesmes explicó que viajaría en un convoy militar, de regreso a Teruel, y que de allí seguiría a Bogotá.

—Espero que no nos revienten en el camino —dijo. Y, de nuevo, el silencio, mientras bebíamos.

Yo iba a despedirme cuando volvimos a oírlo:

—Es este país —dijo, relamiéndose el escaso bigote—, si uno pasa lista, presidente por presidente, todos la han cagado.

Nadie repuso nada a sus palabras. Lesmes, que se veía con muchas ganas de hablar, se respondió a sí mismo:

—Sí —dijo—, a la hora del té cada presidente cagó las vainas, a su buena manera. ¿Por qué? Yo no lo sé, ¿quién va a saberlo? ¿Egoísmo, estupidez? Pero la historia descolgará sus retratos. Porque a la hora del té...

—Cuál té, maldita sea —se exasperó Chepe—, café, por lo menos.

—A la hora del té —siguió Lesmes, impertérrito, deslumbrado de sus mismas palabras—, nadie tiene fe.

—Y bebió de un tirón su cerveza. Esperaba que alguien dijera algo, pero todos seguimos mudos—. San José sigue y seguirá desamparado —añadió—, lo único que recomiendo al mundo es largarse, y cuanto antes. El que quiera morir que se quede.

Seguía olvidándose del secuestro de la mujer de Chepe, que dio a luz en cautiverio. Chepe lo despidió en el acto, a su modo, con un grito, y pateó la mesa repleta de botellas.

–Primero lárguese usted de mi tienda malparido –le dijo, y se abalanzó. Vi, delante mío, los demás cuerpos separándolos. Oye sonreía a solas, expectante. Pero Lesmes tiene razón: el que quiera morir, aquí está su tumba, donde pisa.

En cuanto a mí, no importa. Ya estoy muerto.

¿Sábado? También la joven médica abandona San José, igual que las enfermeras. Nadie sigue al frente del hospital improvisado. Y no han vuelto a visitarnos los camiones de la Cruz Roja, que aprovisionaban de combustible y alimentos a la población. Sabemos de otra escaramuza, a algunos kilómetros de aquí, por los lados de la cabaña del maestro Claudino. Hubo doce muertos. Fueron doce. Y de los doce un niño. No demoran en volver, eso lo sabemos, ¿y quiénes volverán?, no importa, volverán.

Los contingentes de soldados, que apaciguaban el tiempo en San José, por meses, como si se tratara de renacidos tiempos de paz, han disminuido ostensiblemente. En todo caso, con ellos o sin ellos los sucesos de guerra siempre asomarán, recrudecidos. Si vemos menos soldados, de eso no se nos informa de manera oficial; la única declaración de las autoridades es que todo está bajo control; lo oímos en los noticieros –en las pequeñas radios de pila, porque seguimos sin electricidad–, lo leemos en los periódicos atrasados; el presidente afirma que aquí no pasa nada, ni aquí ni en el país hay guerra: según él Otilia no ha desaparecido, y Mauricio Rey, el médico Orduz, Sultana y Fanny la portera y tantos otros de este pueblo murieron de viejos, y vuelvo a reír, ¿por qué me da por reír justamente cuando descubro que lo único que quisiera es dormir sin despertarme? Se trata del miedo, este miedo, este país, que prefiero ignorar de cuajo, haciéndome el idiota conmigo mismo, para seguir vivo, o con las ganas aparentes de seguir vivo, porque es muy posible, realmente, que esté muerto, me digo, y bien muerto en el infierno, y vuelvo a reír.

¿Miércoles? Dos patrullas del ejército, que operaban por separado, se atacaron, y todo eso debido a un mal informante, que dio aviso de la presencia de la guerrilla en las goteras del pueblo: cuatro soldados murieron y varios resultaron heridos. Rodrigo Pinto, nuestro vecino de montaña, llegó a visitarme, alarmado: me ha dicho que el capitán Berrío, en su vereda, en compañía de soldados, advirtió que si encontraba indicios de colaboradores iba a tomar medidas, y lo dijo de visita, rancho por rancho, interrogando no sólo a los hombres y mujeres sino a los niños de menos de cuatro años, que apenas saben hablar. «Está loco», me dijo Rodrigo.

–Y bien loco. No fue retirado de su cargo, como se pensaba –le digo–, yo mismo lo vi disparar a los civiles.

–Loco, pero eso no nos asombra –dice Rodrigo–. Lejos del pueblo, en la montaña, lo que nos asombra es que sigamos vivos.

Rodrigo Pinto, que me acompañó y ayudó a enterrar al maestro Claudino, una semana después que yo lo encontrara decapitado, muerto en compañía de su perro, en la montaña azul, donde todavía se ven círculos de gallinazos alrededor, me jura que a pesar de los pesares no va a abandonar la montaña, y que su mujer está de acuerdo. «Allá seguiremos», dice. Hablamos al borde del acantilado, en las afueras del pueblo, donde Rodrigo escogerá el desecho que lo llevará a su montaña. Me repite que no se va, como si quisiera convencerse de eso, o como pretendiendo que yo lo reafirme en ese propósito, en la posible mortal terquedad de quedarse. «Otra montaña sería mejor», dice, «todavía lejos, más lejos, mucho más lejos.» Sacó de su mochila un frasco de aguardiente y me ofreció. Atardecía. «¿Sí ve esa montaña?», me preguntó, señalando el pico lejano de otra montaña, en mitad de las demás, pero mucho más lejos, tierradentro: «Allá voy a irme. Es lejos. Pues mejor. Me voy hasta su cima, y nadie me vuelve a ver, jueputa. Tengo un buen machete. Sólo necesito llevar una marrana preñada, un gallo y una gallina, como Noé. Y mi mujer quiere acompañarme, la yuca no faltará. ¿Sí ve la montaña, profesor, sí la distingue? Montaña bella, productiva. Esa montaña puede ser mi vida. Es que mi padre nos levantó en las montañas. Por ahora seguiré en la montaña vecina, profesor. Usted la conoce, usted ha ido, usted sabe que allá vivo con mi mujer y mis hijos; ya nos nació el otro, ya somos siete, pero así sea con yuca y cacao vamos a sobrevivir. Allá lo espero, cuando tenga a su Otilia con usted. Después nos iremos todos, ¿por qué no nos vamos todos?». Bebemos de nuevo, hasta el fin, y Rodrigo arroja el frasco vacío por la cañada. Pero todavía no se va: pétreo, los ojos puestos en la montaña distante. Oprime con fuerza su sombrero blanco entre los dedos, lo retuerce: es su gesto característico. Al fin se rasca la cabeza, y su voz cambia: «Soñar no cuesta nada» dice, y, casi de inmediato: «despertar», y nos echamos a reír, los dos. Fue en ese momento cuando se apareció el soldadito; era, en efecto, un muchacho, casi un niño uniformado. Seguramente había estado todo ese tiempo al lado nuestro, sin que nosotros reparáramos en él. Pero se veía ofuscado, y tenía el dedo en el gatillo, aunque la boca del fusil apuntaba a tierra. «¿De qué se ríen?» nos preguntó, «¿por qué se ríen? ¿Tengo cara de chistoso?» Rodrigo y yo nos miramos boquiabiertos. Y volvimos a reír. Inevitable. «Amigo», le dije al soldado, y sufrí, en mis ojos, sus ojos opacos, afilados, «ahora no nos vaya a decir que no podemos reír.» Le di un fuerte apretón de manos a Rodrigo, despidiéndome. Rodrigo se caló el sombrero blanco y enfiló por el desecho, sin volverse a mirar. Un largo camino le aguardaba. Yo regresé a mi casa, con el soldado detrás, en silencio.

Sentí que vigilaban a Rodrigo, y, de paso, me vigilaban a mí. A sólo una cuadra de mi casa otro grupo de soldados salió a mi encuentro, ¿volverían a detenerme, como la vez que madrugué demasiado?

–Déjenlo seguir –oí la voz del capitán Berrío.

¿Martes? Son otros los que se van: el general Palacios y su «tropa» de animales. *Oye* nos dijo donde Chepe que presenció en la base la evacuación de los más valiosos animales del general Palacios, en helicóptero. Desde la llegada de este general, a quien casi nunca vimos, nos enteramos que se ha dedicado en cuerpo y alma a formar un zoológico; un zoológico que nunca conocimos, o que sólo distinguimos fotografiado en blanco y negro, entre las páginas de un periódico dominical. Y leímos que se trataba de 60 patos, 70 tortugas, 10 babillas, 27 garzas, 5 alcaravanes, 12 chigüiros, 30 vacas para ordeño y 190 caballos en las cien hectáreas de la guarnición militar de San José, bajo la custodia del general y sus hombres. Que militares enfermeros atienden a este contingente bípedo y cuadrúpedo. Que todas las mañanas, en compañía de su perro de raza traído de Estados Unidos, el general recorre la guarnición para supervisar de cerca sus animales. Que una guacamaya fue de su predilección: tan consentida que se designó a un oficial como responsable de su alimentación, pero tan inquieta que murió electrocutada en las rejas que rodean la guarnición. Desde que era coronel, Palacios se dedica a los animales. Asegura también que ha sembrado más de cinco mil árboles, «Como si los hubiese sembrado él solo», nos dice Oye, y nos dice además que vio a Hortensia Galindo y sus mellizos abandonar el pueblo en uno de esos helicópteros de carga, repleto de animales.

–Buenos días, profesor. Vengo a despedirme.

En la puerta Gloria Dorado, un sombrero de tela en la cabeza, los ojos enrojecidos por las lágrimas. Lleva en sus manos una jaula de madera, con un turpial dentro.

–Quiero dejárselo de recuerdo, profesor, para que lo cuide.

Recibo la jaula. Por primera vez recibo una jaula de recuerdo: tan pronto quedemos solos te soltaré, pájaro, ¿cómo podría cuidarte?, apenas puedo conmigo.

–Siga, Gloria. Tomemos un café.

–Ya no tengo tiempo, profesor.

–¿Y su casa? ¿Qué va a ser de su casa?

–Se la encomendé a Lucrecia, por si vuelvo. Aunque bien pueda suceder que también ella se vaya, claro. Pero a ella le sirve la casa, ella tiene cinco hijos, yo ninguno, profesor. Y a lo mejor no tengo.

–No diga de esta agua no beberé, Gloria, que usted es joven y bella. Tiene el mundo por delante.

Se sonrió con lástima.

–Le queda humor, profesor. Mire, yo los quiero mucho a los dos, y sé que Otilia vuelve, se lo juro.

–El mundo entero me lo dice.

No puedo evitar la pesadumbre en la voz; quisiera que Gloria no hubiese venido a repetírmelo. Ella no se percata:

–Me soñé que los veía caminando juntos, en el mercado. Yo me sentía feliz y me iba a saludarlos, yo le decía a usted: «¿No se lo dije?, Otilia regresaría sana y salva».

Se sonríe, me sonrío, y debo confesar que su sueño me vulnera, ¿vamos a llorar?, sólo esto me faltaba.

–Dios lo quiera –digo, la jaula colgando de mi mano: el turpial brinca de un lado a otro, se posa en el diminuto columpio de bambú y empieza a cantar: acaso presiente mi propósito oculto de liberarlo–. ¿Y cómo se va a ir, Gloria? –le pregunto, y ya no puedo mirarla a los ojos–: Hay eso que llaman «paro armado» en la carretera. Cualquier vehículo es dinamitado, sea o no particular, y a veces con los ocupantes adentro. No hay transporte seguro.

–Un teniente se ofreció a llevarnos, a mi hermano y a mí, hasta El Palo, en su camión, con los soldados. Allá encontraré transporte que me lleve al interior.

–Viajar en un camión así será igual o peor de peligroso. Se expondrá, Gloria. No se le ocurra disfrazarse de soldado, ¿cómo es que ese teniente se la lleva, arriesgándola?

–Me contó como un secreto que el camión irá protegido por aviones de guerra. Nos limpiarán el camino, profesor.

–Ojalá.

–Y más peligro correré yo aquí –me dice Gloria, sus ojos se empañan, me susurra–: cuando se sepa que Marcos apareció muerto. Hortensia no me lo perdonará, dirá que soy la culpable, dirá que soy la asesina.

Ahora empieza a llorar, se abraza a mí, y yo la abrazo, rodeándola con la jaula en mis manos.

–Apareció en una zanja, a medio kilómetro de aquí. Demoraron en reconocerlo. Según me dijo el teniente, llevaba muerto dos años, por lo menos, a la intemperie, en esa zanja.

–Gloria. Otro muerto más, a la fuerza. Para vergüenza de los vivos.

–¿Sí ve, profesor? No quisieron ayudarlo. Nadie se dignó mover un dedo por su liberación. Esa mujer no soltó un peso por su marido. Yo no tenía dinero, sólo esa casita que me dejó. Pero a ella ¿de qué le servirá el dinero? No demoran en llevársela también.

No quiero contarle que Hortensia Galindo ya abandonó San José, y en helicóptero.

–Ay este país, pobre en su riqueza, Gloria. Que le vaya bien, reinicie la vida, ¿qué más puedo decir?

–Como quien dice, vuelva a nacer –se sonríe–, ¿es eso lo que me aconseja? –Y se separa de mí. Me deja impregnado del perfume fecundo, tórrido, revuelto con el olor de sus lágrimas–. Parto –dice–, mi hermano me espera. –Y deja la casa. Yo cierro la puerta.

Me voy, jaula en mano, hasta el huerto. Me embarga una suerte de disgusto: que no vengan las mujeres bellas a esta casa, que no me suman en el dolor de verlas, carajo. Pongo la jaula encima del lavadero de piedra, y abro la minúscula puerta de bambú.

–A volar, turpial –le grito al pájaro–, vuela rápido, o vienen los Sobrevivientes y se hacen cargo.

El pájaro se queda quieto, ante la puerta abierta.

–¿Es que no vas a volar? Tú verás. Aquí hay gatos. El pájaro sigue inmóvil. ¿Será que le han cortado las alas? Lo acobijo con la mano y lo saco de la jaula. Es un hermoso turpial, sus plumas iluminan, sus alas no son nada cortas.

–¿Te da miedo el cielo? Echa a volar, Dios –Y lo arrojo al cielo. El turpial extiende, sorprendido, las todavía entumecidas alas, y, a duras penas, puede amortiguar la caída. Luego da un brinco, dos, y al fin vuela, como si saltara, hasta el muro. Allí de nuevo se queda quieto, ¿qué busca?, es como si se volviera a mirarme, a mí, a la jaula.

–Qué bello pájaro –dice una voz. Es Geraldina, apareciendo en el boquete del muro. Geraldina de negro. Ya no logro recordarla desnuda.

–Un turpial –digo.

Y ambos lo vemos volar, perderse en el cielo.

Otra vez sentados en mitad de los escombros, uno junto al otro, me encierra su semblante al lado mío, sin apartar los ojos del cielo, «eran otros tiempos», le digo, y puedo creer que sabe a qué me refiero, ella paseándose desnuda por su huerto, yo asomado al muro, lanza una exigua risotada y reaparece el mismo rostro pensativo, los ojos en el cielo que se carga de nubes, los ojos en las nubes sin cielo, veo una mano en su rodilla, es mi mano en su rodilla, ¿a qué horas puse mi mano en su rodilla?, pero ella no replica, es igual que si se hubiese posado en su pierna una hoja de árbol marchita, un insecto abominable, pero inocuo, y me sigue hablando, ¿desde cuándo?, de sus negocios con quienes tienen prisionero a su marido, o le parece muy natural la mano de un viejo de pronto en su rodilla, la vejez tiene su libertad, o sencillamente lo único que le interesa en este mundo es el pago del rescate, empresa en la que ya se ha metido, respaldada por un hermano suyo, desde Buga, es eso, Ismael, con razón no ve mi mano en su rodilla, asegura que les ha dado todo lo que tiene, dice que es *su encrucijada*, usted no se preocupe, profesor, es mi encrucijada. Después se queda mirándome con atención, como si adivinara o creyera adivinar mi pensamiento, ¿acaso descubrió mi mano en su rodilla?, ¿ya sabe que sólo pienso en su rodilla?, ¿el contacto, la llama?, «No, profesor», me dice, «ellos no tienen a Otilia, yo se los pregunté.»

–Otilia –digo.

Ahora me cuenta que ni siquiera pudo reunir la mitad de lo que piden. «Ni siquiera nos entrega la mitad», le dijeron, «no le ha hecho ningún favor a su marido», y me cuenta, la boca fruncida en un rictus desconocido, ¿es alegría?, que hasta le dijeron: «Se ve que no lo quiere».

Me cuenta: «Sentía en toda mi carne sus miradas, profesor, como si me quisieran comer viva».

Le dieron quince días para pagar el resto, es decir hoy, profesor, se cumplen hoy, les dije que estaba de acuerdo, y les advertí que lo trajeran con ellos, como me lo tenían prometido desde antes, una promesa que no cumplieron. «¿Y qué si lo hubiéramos traído?», me respondieron, «teníamos que llevárnoslo otra vez, si no nos daba pereza, ¿entiende?, su muerte sería culpa suya, por incumplida.» Yo volví a decirles que lo trajeran, verlo, hablar con él, y les dije: «Ya les di lo que tenía, ahora tendré que buscar quién me presta, y si no me prestan, aquí estaré de todos modos con mi hijo». «¿Cómo que no le prestan?» dijeron. «Usted verá.»

Geraldina se vuelve a consultarme con una mirada estupefacta, atemorizada; no sé qué decirle; nunca pude ver la cara de los secuestradores; quién sabe qué gente será.

Sólo conocí al hermano de Geraldina; lo vi llegar desde Buga en su automóvil, una noche de lluvia; alto, calvo, preocupado; pudo atravesar los últimos tramos de la carretera con un salvoconducto especial de la guerrilla; yo lo había oído pitar tres veces y me asomé a la ventana: salió Geraldina, con una vela en la mano; se abrazaron. Y se metieron en la casa cargando ambos, con esfuerzo, una enorme bolsa de plástico negro, con el dinero de Geraldina en efectivo, el dinero de ella y su marido, me dijo con furia intempestiva, dinero de años de trabajo en pareja, profesor, nunca mal habido.

La misma noche de su arribo, el hermano de Geraldina, una sombra asustada, abandonó San José igual que como llegó, en su auto, bajo la lluvia, y el salvoconducto pegado por dentro del parabrisas como si se tratara de una bandera. Discutió con Geraldina sobre la conveniencia de dejar a Eusebito con ella. Geraldina estaba dispuesta a que se lo llevara, pero el niño quería seguir con su madre, «Yo le expliqué a qué se exponía, se lo expliqué como a un hombrecito», se enorgullece Geraldina, en su candidez, «y Eusebito no tuvo reparos: con su papá y su mamá hasta la muerte.» La boca de Geraldina se entreabre, los ojos se alejan más en el cielo: «Ya no tengo un céntimo, profesor, eso les voy a decir, tendrán que apiadarse, y si no se apiadan, pues que hagan lo que quieran, que me lleven con él, es preferible eso, los tres en lo mismo, como lo quiso la vida, a esperar años sin saber hasta cuándo, y Eusebito va conmigo, ésa es mi última carta, se apiadarán, estoy segura, ya les di todo, no les escondo nada».

Ahora Geraldina se ha puesto a llorar: por segunda vez este día una mujer llora en esta casa.

Y mientras llora veo mi mano en su rodilla, sin mirarla realmente –eso descubro, en un segundo–, pero de pronto la veo, mi mano sigue en la rodilla de Geraldina, que llora y no ve o no quiere ver mi mano en su rodilla, o la está viendo ahora, Ismael, a tu ruindad sólo le importa su rodilla, nunca las lágrimas por el marido desaparecido, ni siquiera la insensata pero irrefutable alegría de Geraldina: decir que su hijo como un hombrecito los acompañará, suceda lo que suceda, y decirlo sin que se le quiebre la voz, ¿qué pensará su marido?, gran decepción, «que lo recojas todo y te largues», algo así dijo Eusebito que había dicho su papá, la voz delirante de Geraldina me conmueve, los dos en mitad de las ruinas, entre despojos de flores, los dos idénticos.

–Hortensia me ofreció salir con ella en helicóptero, profesor. Claro que no voy a hacerlo, ya no podré. Pero hoy no lo puedo negar: tengo miedo.

Se ha quedado mirando mi mano en su rodilla.

–Usted –me dijo, o me preguntó.

–¿Sí?

Y de nuevo la fugaz risotada:

–¿No se va a morir, profesor?

–No.

–Mire cómo tiembla.

–Es la emoción, Geraldina. O es mi lujuria, como decía Otilia.

–Tranquilo, profesor. Quédese con el amor. El amor puede sobre la lujuria.

Y apartó, con delicadeza, mi mano de su rodilla. Pero siguió quieta, en silencio, sentada al lado mío.

Su hijo la llamó, del otro lado del muro: parecía que se acababa de caer, en la piscina vacía, ¿o se trataba de un juego?, su voz sonaba como si acabara de caerse en la piscina, y después un grito, nada más. Geraldina regresó de inmediato, agazapándose por entre el boquete del muro, su cuerpo como labrado en el luto. No la seguí: otro lo habría hecho, yo no, ya no: ¿para qué? Además, sentía hambre, el hambre por primera vez, ¿desde cuándo no comía?, fui a la cocina y busqué la olla del arroz: quedaba para un plato, los granos se veían duros, envueltos en moho, requemados. Me los comí con la mano, fríos, correosos, y así seguí sentado un tiempo, ante la estufa. Desde mucho antes los Sobrevivientes no se aparecían por la casa, seguramente por la falta de comida, de atenciones. Tendrían que arreglárselas solos. Pero hacían falta sus maullidos y sus ojos, que me acercaban a Otilia, me acompañaban: pensar en ellos fue como invocar su recuerdo, palpable, en la cocina, donde un reguero de plumas, como los rastros de las fábulas, me condujo hasta mi habitación: allí, a los pies de la cama, yacían dos pájaros destrozados, y, encima de la almohada, restos de mariposas negras, ofrenda alimenticia que los gatos me dejaban. Esto me faltaba, pensé, que mis gatos me alimenten: si yo no me ocupaba de su almuerzo, ellos sí se ocuparían del mío. De no comer ese arroz, con el hambre que sentía no hubiese dudado en acabar de desplumar los pájaros y hornearlos. Recogí los pájaros, las mariposas, barrí las plumas, después quise dormir, me extendí bocabajo, creo que ya iba a dormir cuando un grito de mujer desde la calle me llamó, todo el mundo está gritando, dije, y salí de la casa como si me asomara al infierno.

Una mujer corría, apretándose el delantal contra los muslos –o limpiándose las manos en el delantal–, ¿de qué huía?, no huía, corría, porque quería ver. «¿Sí supo, profesor?» me dijo. Yo la seguí. También yo quería ver. Llegamos a la tienda de Chepe, y ahí, sentado en el corredor, ante las mesas desordenadas como si las hubiese barrido el vendaval, Chepe se apretaba la cabeza en las manos, rodeado de curiosos. «Seguro que encontraron a su mujer, pero muerta» pensé al mirarlo en mitad de la desesperación: no hacía calor; un viento que no era natural respondía al ronco quejido de Chepe, y el polvo se arremolinaba alrededor de sus zapatos. El corrillo de hombres y mujeres seguía pendiente: era un silencio como despedazado, porque volvieron las preguntas, los tímidos comentarios. También yo me hundí en las averiguaciones: esa madrugada acababan de entregar a Chepe, por debajo de la puerta, igual que una advertencia definitiva, los dedos índices de su mujer y su hija en un talego ensangrentado. Allí, al lado de las manos de Chepe, veo el talego de papel, manchado. Quiero acompañar a Chepe, pero de entre los presentes se me acerca Oye y me toma del brazo. Lo último que quiero es charlar con Oye, y en estas circunstancias, pero su rostro pasmado, sus manos que me rodean, me convencen; recordé como si lo compadeciera la última vez que hablé con él, de semejante manera, sin recordar quién era, y por qué. «Profesor», me dijo al oído, «¿a usted no lo mataron mientras dormía?» «Claro que no», pude decir cuando me repuse de la pregunta. Y traté de reír: «¿No ves que estoy contigo?». Y, sin embargo, nos quedamos mirando unos segundos, como si no nos creyéramos. «¿Y quién iba a matarme», le pregunté, «y por qué?» «Eso me contaron» respondió. No se veía borracho, o drogado. Pálido, su ojo sano pestañeaba, sin quitarse de mis ojos. Sus manos no dejaban de atraparme por el brazo. «Qué broma es ésta», le pregunté, y él: «Entonces está vivo, profesor». «Todavía», le dije. Y él, sin que viniera al caso: «¿Sabe una cosa?, yo no he matado a nadie». «¿Cómo dices?» le pregunté. Me dijo: «Pura mentira, para atraer clientes». Difícilmente pude recordar a qué se refería. «Pues los alejaste», dije, «todos pensábamos que rebanabas pescuezos», y aparté mi brazo de sus manos. Nadie nos escuchaba. «Me alegra que esté vivo, profesor» siguió diciéndome. Tenía el gesto de un niño reprendido, provocaba una lástima inexplicable. Allí lo dejé, con su pregunta inaudita, su ojo que parpadeaba; le dio la espalda a la gente y se alejó; me olvidé de él. «De manera que me mataron mientras dormía» dije en voz alta, y por un instante me convencí de estar contándoselo a Otilia: «Nunca tuve esa felicidad».

Chepe aferra el talego y se incorpora, los labios distendidos como si riera del asombro. Y camina deprisa, seguido por hombres y mujeres. ¿Adónde? También yo sigo detrás suyo, igual que los demás. A algún lugar tiene que ir. «Va a la estación de policía», adivina alguien. «A qué» dice otro. «A preguntarles» dicen. «A preguntarles qué. No le van a responder.» «Qué pueden responder.» En medio de este círculo de cuerpos, de rostros que nada comprenden, y que se disponen a no comprender nada, alrededor de la puerta de la estación de policía, me veo yo, otro cuerpo, otra cara atónita. Como de común acuerdo hemos permitido que Chepe entre solo. Entra, y sale casi de inmediato, el rostro desencajado. Lo entendemos sin necesidad de escucharlo: no hay un solo policía en el puesto, ¿adónde se fueron? Ya nos parecía extraño que no encontráramos uno que otro agente a la entrada: por primera vez percibimos que este silencio es demasiado en San José, una nube de alarma nos recorre a todos, por igual, en todas las caras, en las voces descoloridas. Me acuerdo que Gloria Dorado se iba en un camión con soldados, ¿acaso era el último camión?, no nos dijeron nada, ningún aviso, y lo mismo que pienso yo parecen pensarlo todos, ¿a merced de quién hemos quedado?

Apenas hasta ahora descubrimos que las calles van siendo invadidas por lentas figuras silenciosas, que emergen borrosas del último horizonte de las esquinas, asoman aquí, allá, casi indolentes, se esfuman a veces y reaparecen, numerosas, desde las orillas del acantilado. Entonces los que rodeamos a Chepe emprendemos la retirada, también de manera lenta y silenciosa, cada quien a lo suyo, a sus casas, y, lo que resulta extraordinario, lo hacemos realmente como la cosa más natural del mundo. «Todos a la plaza» nos grita uno de los esbirros, pero es como si nadie lo escuchara: yo camino al pie de una pareja de parroquianos, sin reconocerlos, y sigo a su lado, sin importarme averiguar en qué dirección caminan. «Dije que todos a la plaza» se oye de nuevo la voz, en otro lugar. Nadie hace caso, oímos nuestros pasos cada vez más acuciosos: de un instante a otro las gentes corren, y yo con ellos, este viejo que soy yo, al fin y al cabo vamos desarmados –digo, ¿qué podríamos hacer?, lo he dicho en voz alta y con rabia, como si me excusara ante Otilia.

Los que estábamos con Chepe ya no lo vemos, pero entonces lo oímos: a gritos, a chillidos, chillidos como de un cerdo próximo al sacrificio, espeluznantes, porque son de un hombre aterrado, les está preguntando a los invasores si son ellos los que tienen a su esposa y a su hija, si son ellos los que enviaron esta madrugada los dedos de su esposa y de su hija, eso les pregunta y nos detenemos, una mayoría, como una tregua, en diferentes esquinas, nadie puede creerlo, el viento sigue empujando jirones de polvo sobre los andenes, el sol se oculta detrás de una ligadura de nubes, «Es posible que llueva», pienso: «si lanzaras un diluvio, Señor, y nos asfixiaras a todos».

No vemos a Chepe, o no lo veo. Los cuerpos inmóviles de hombres y mujeres, los cuerpos de los invasores, impiden verlo, pero sí oímos su voz, que repite la pregunta, esta vez seguida por maldiciones y acusaciones, de Chepe, a pesar nuestro, a pesar suyo, porque se oye un disparo, «Le tocó a Chepe» dice el hombre que va a mi lado, la mujer ya está corriendo, y después el hombre, y otra vez el mundo, en distintas direcciones, pero nadie arroja un grito, una exclamación, todos en silencio, como si pretendieran no hacer ruido mientras corren.

«Que a la plaza, carajos», dice otra voz. También los uniformados corren, cercando a la gente, como si fuéramos ganado, nadie lo puede creer, pero toca creer, señor, toca: la pareja a mi lado encuentra por fin su casa, más allá de la iglesia. Quiero entrar con ellos, el hombre me lo impide, «Usted no, profesor», dice, «usted váyase a su propia casa, o nos mete en problemas.» Qué me está diciendo, pienso, y veo su enorme cabeza de perfil, los ojos asustados, y brotan las manos de su mujer y lo ayudan y cierran la puerta en mis narices. El hombre no quiere permitir que entre a su casa, ése es su miedo, soy alguien que puede meterlo en problemas, dijo. Vuelvo a quedar solo, en apariencia, que no pierdas, Ismael, la memoria de las calles para volver a tu casa. Vanamente miro a todas las esquinas: son la misma esquina, el mismo peligro, las veo idénticas. De cualquiera de ellas puede asomar otra vez la desgracia. A cualquiera de ellas me dirijo, que no te equivoques de camino, Ismael: regreso como si caminara a tientas hacia mi propia casa, durante una noche larga, es extraordinario, la calle está sola; sólo yo, al filo de puertas y ventanas trancadas. Me dispongo a golpear la batiente cerrada de una de esas ventanas, ¿no vive aquí el viejo Celmiro, más viejo que yo, un amigo?, sí, descubro, aliviado, es un milagro de Dios, la casa de Celmiro, Celmiro me permitirá entrar. Y golpeo el ancho marco de madera: una astilla hiere mi puño, pero nadie abre la ventana, sé que es la ventana del cuarto de Celmiro. Escucho un carraspeo, desde adentro, y pongo mi oído en la hendidura.

–Celmiro –le digo–. ¿Eres tú? Abre la ventana.

Nadie responde.

–No hay tiempo de ir a la puerta –digo–. Me meto por la ventana.

–¿Ismael? ¿No te habían matado mientras dormías?

–Claro que no, ¿quién inventó eso?

–Eso oí.

–Abre rápido, Celmiro.

–¿Y cómo quieres que abra, Ismael? Me estoy muriendo.

182

Sigo solo en mitad de la calle. Y, lo que es peor, no tengo fuerzas de seguir huyendo. Sube el clamor, me parece, se aproxima desde algún lugar, no demora en envolverme.

—¿Qué sucede allá afuera, Ismael? Escuché disparos y gritos, ¿es que están bailando en las calles?

—Están matando, Celmiro.

—Y a ti, ¿te pusieron también a bailar?

—Seguramente.

—Lo mejor es que vayas a tu casa, no puedo moverme. Tengo paralizada la mitad de mi cuerpo, ¿no lo sabías?

—No.

—¿Tampoco sabías qué hicieron los desgraciados de mis hijos? Me dejaron aquí tirado. Me han puesto al lado una olla de arroz y plátano frito, una paila con hígado y riñones, y luego me dejaron aquí tirado. Eso sí, juntaron mucha carne, para que yo coma, ¿pero qué haré cuando se acabe? Los desgraciados.

—Abre por lo menos la ventana. Yo me meto por la ventana. Nos defenderemos.

—¿Y defendernos de quién?

—Te digo que están matando a la gente.

—Con toda razón me abandonaron.

—Abre esa ventana, Celmiro.

—¿No te he dicho que no puedo moverme? Una trombosis, Ismael, ¿sabes lo que es eso? Soy más viejo que tú. Mírate, al fin y al cabo: en plena calle, y bailando.

—Abre.

–Apenas puedo estirar este brazo derecho, agarrar un pedazo de carne, ¿qué haré cuando sienta necesidades?

–Ya vienen, disparan por todas partes.

–Espera.

Pasa un tiempo. Escucho que algo se cae, del otro lado.

–Carajo –escucho a Celmiro.

–Qué pasa.

–Se acaba de caer la sartén con los riñones. Si se mete un perro a esta casa no podré espantarlo. Se lo comerá todo.

Está llorando o maldiciendo.

–¿Y la ventana, Celmiro?

–No alcanzo.

–Ábrela, tú puedes.

–Corre, Ismael, corre a donde sea, por Dios, si es verdad lo que me dices, pero no te quedes ahí parado, perdiendo el tiempo. Se meterá un perro, tarde o temprano, se lo comerá todo, ¿tendré que orinarme en la cama?

–Adiós, Celmiro.

Pero sigo quieto. Ya no escucho el clamor. Intentaré arrastrarme, por lo menos. No tengo fuerzas de salir corriendo, como aconseja Celmiro.

–Tus hijos volverán –le digo, despidiéndome.

–Eso me dijeron, pero por qué toda esta comida a mi lado, para qué me la dejaron, se largaron de San José, me abandonaron. Son unos desgraciados.

Me apoyo en la fachada de cada casa, para avanzar. Lo descubro de pronto, es el clamor, congelado; no estoy solo en la calle: regresan las voces compactas, me vuelvo en derredor, son voces que se tuercen y retuercen ni muy cerca ni muy lejos, un río en todas partes, y las sorprendo, físicas, a dos esquinas de distancia: las veo pasar, un pequeño tumulto de caras violáceas y bocas abiertas, de perfil; no veo quién grita, pasan como un vértigo en mitad del efímero clamor, pues ya nada se escucha, solamente lo más íntimo del clamor, un suspiro casi inaudible; ahora los perseguidores aparecen, y los últimos de ellos han girado en dirección mía, lo hacen corriendo, avanzan a mí, ¿me descubrieron?, registran, buscan, a sólo media cuadra de distancia, apuntan con sus armas en todas direcciones, quieren disparar, van a disparar al aire, ¿o van a dispararme?, apuntan a todas partes con sus armas, quieren disparar, me dejo resbalar en el andén y allí me quedo hecho un ovillo como si durmiera, me finjo muerto, me hago el muerto, estoy muerto, no soy un dormido, es en realidad como si mi propio corazón no palpitara, ni siquiera cierro los ojos: los dejo perfectamente abiertos, inmóviles, inmersos en el cielo de nubes arremolinadas, y escucho el ruido de botas, próximo, idéntico al miedo, igual que si desapareciera el aire alrededor; uno de ellos me tiene que estar mirando, me examina ahora desde la punta de los zapatos hasta el último cabello, afinará su puntería con mis huesos, pienso, a punto de provocarme yo mismo la risa, otra vez libre y simplemente como cualquier estornudo, en vano aprieto los labios, siento que arrojaré la carcajada más larga de mi vida, los hombres pasan a mi lado como si no me vieran, o me creyeran muerto, no sé cómo pude encerrar la risotada a punto, la risotada del miedo, y sólo después de un minuto de muerto, o dos, ladeo la cabeza, muevo la mirada: el grupo se pierde corriendo a la vuelta de una esquina, escucho las primeras gotas de lluvia, gordas, aisladas, caer como grandes flores arrugadas que estallan en el polvo: el diluvio, Señor, el diluvio, pero cesan de inmediato las gotas y yo mismo me digo *Dios no está de acuerdo*, y otra vez la risa a punto, a punto, es tu locura, Ismael, digo, y cesa la risa dentro de mí, como si me avergonzara de mí mismo.

–A este viejo no hace falta matarlo, ¿no lo ven? Parece muerto.

–¿Le damos chumbimba de la buena?

–¿No es el mismo viejo que vimos muerto hace un

minuto? Sí, el mismo. Mírenlo qué rosado, no huele a muerto, a lo mejor es un santo.

–Qué, viejo, ¿usté está vivo, o está muerto?

No me encontraba solo. Estaban ellos, a mis espaldas. El hombre que dijo eso me puso la boca de un fusil en el cuello. Oí que reía, pero seguí quieto.

–¿Y si le hacemos cosquillas?

–No, a los santos no se les hace cosquillas. Ya vendremos más tarde, viejo, ya no estaremos de buen humor.

–Mejor démosle chumbimba de una vez.

–Si van a matarme mátenme ya.

–¿Oíste? El muerto habló.

–¿No lo dije?, un santo, un milagrito de Dios. ¿Tendrá hambre? ¿No quieres un pedazo de pan, santo? Pídele a Dios.

Se van. Creo que se van.

¿Dios, pan?

Comida de gusanos.

No. No se van.

Me sobresalto, sin mirarlos directamente. Los siento regresar, con lentitud de siglos, al lado mío. Algo abominable se decide entre ellos. Arrastran y dejan caer, a mi lado, un cuerpo. Tiene que estar mal herido: la cara y el pecho bañados en sangre. Es alguien del pueblo, que yo conozco, pero ¿quién?

–Bueno –me dice uno de los hombres.

¿Bueno?

Y el hombre:

–Hágale el favor de matarlo.

Me extiende una pistola, que no recibo:

–Nunca he matado a nadie.

–Mátame, papá –grita el herido, con esfuerzo, como si ya me hablara desde mucho más lejos, y se pone de costado, tratando vanamente de mirarme a los ojos; las lágrimas se lo impiden, la sangre que cubre su rostro.

–Mátelo usted –digo al que me extiende la pistola–, ¿no ve que sufre? Acabe con lo que empezó.

Me incorporo como puedo. Nunca me sentí más pesado del fardo de mí mismo; se doblan mis brazos, mis piernas; pero todavía tengo fuerzas de apartar con la mano la pistola que me ofrecen, fuerzas de despreciar la punta de la pistola que no deja de encañonarme.

Empiezo a alejarme otra vez a tientas; huyo con una lentitud desesperante, porque mi cuerpo no es mío, ¿hacia dónde huyo?, hacia arriba, hacia abajo.

Y escucho el disparo. Pasa cerca de mí, lo siento silbar por encima de mi cabeza; y después otro tiro, que pega en tierra, a centímetros de mi zapato. Me detengo, y volteo a mirar. Me pasma que no sienta miedo.

–Eso es lo que me empieza a gustar de usted, viejo, que no tiembla. Pero ya sé por qué. Usted no es capaz de pegarse un tiro, ¿no es cierto? Eso sí, quiere que lo matemos, que le hagamos el favor. Y no le vamos a dar ese gusto, ahora, ¿no?

Los otros repiten que no, riendo. Oigo después el gemido del herido, lo oigo igual que un débil relincho. De nuevo sigo mi marcha, a tumbos.

Otro disparo.

Esta vez no iba dirigido a mí.

Me vuelvo a mirar.

–¿Quién es este viejo malparido? –siguen diciendo.

–Oiga, viejo, ¿quiere que hagamos un tiro al blanco con usted?

–Aquí –les digo, y me señalo el corazón.

No sé qué les causa risa de nuevo: ¿mi cara?, otra risotada me respondió.

¿En dónde estoy? No sólo escucho otra vez el confuso clamor, que asciende y se hunde de tanto en tanto, y los tiros, indistintos, sino también el grito de Oye, que se desquició –supongo, igual que voy a desquiciarme yo, igual que el mundo–, ¿pero cómo pretende vender sus empanadas en mitad de este acabose?, me digo al escuchar el *Oyeeee* que se instala en todos los rincones, increíblemente nítido, como si el mismo Oye se encontrara en cada esquina: no puedo reconocer el pueblo, ahora, es otro pueblo, parecido, pero otro, rebosante de artificios, de estupefacciones, un pueblo sin cabeza ni corazón, ¿qué esquina de este pueblo elegir?, lo mejor sería seguir una misma dirección hasta abandonarlo, ¿seré capaz? Ahora descubro que no es sólo la fatiga, la falta de ahínco lo que me impide avanzar. Es mi rodilla, otra vez. Contra la vejez no hay remedio, maestro Claudino, que descanses en paz.

A la altura de la escuela encuentro un grupo de gente caminando en fila, en dirección a la carretera. Se van de San José: debieron pensar lo mismo que yo; son un gran pedazo de pueblo que se va. Lentos y maltrechos –hombres, mujeres, viejos, niños–, ya no corren. Son una sombra de caras en suspenso, ante mí, las comadres rezan a balbuceos, uno que otro hombre se empecina en acarrear las pertenencias de más valor, ropa, víveres, hasta un televisor, ¿y usted no se va, profesor? No, yo me quedo –me escucho a mí mismo resolver. Y aquí me quedo entre la sombra caliente de las casas abandonadas, los árboles mudos, me despido de todos agitando esta mano, yo me quedo, Dios, yo me quedo, me quedo porque sólo aquí podría encontrarte, Otilia, sólo aquí podría esperarte, y si no vienes, no vengas, pero yo me quedo aquí.

–Tenga cuidado, profesor –me ha dicho el mismo hombre que me cerró la puerta de su casa, cuando huíamos.

No es la primera vez que vienen a ofrecerme ese consejo.

El hombre insiste:

–Tienen una lista de nombres. A todo el que descubren lo joden, sin más.

–Profesor –se decide otro–. A usted lo mencionaron en la lista. Lo buscan. Mejor venga con nosotros, y quédese callado.

Es una sorpresa. Me buscan. Me quedo contemplando al que ha hablado: uno de los hijos de Celmiro.

–¿Y tu padre? –le pregunto–. ¿Lo dejaste?

–No quiso venir, profesor. Lo queríamos traer cargado, pero dijo que prefería morirse donde nació, antes que morir en otro lado.

Y me mira a los ojos, sin pestañear. Su voz flaquea:

–Si también a usted le dijo que sus hijos somos unos desgraciados, no es verdad; a él le gusta lamentarse. Vaya y compruébelo, profesor. La casa está abierta. No permitió que lo cargáramos.

A quién creer.

Con el hijo de Celmiro son tres, apenas, los vecinos de este pueblo que siguen detenidos junto a mí. Pero empiezan a apurarme, irritados.

–Venga con nosotros, profesor. No sea terco.

–¿Y cómo? –les digo, mostrándoles la hinchazón de mi rodilla–. Aunque quiera, no podría.

El hijo de Celmiro se encoge de hombros y continúa al trote, detrás del grupo que se aleja. Los dos restantes suspiran, menean la cabeza.

–No demoran en aparecer, profesor. Usted no diga quién es. Nadie va a reconocerlo.

–¿Y Chepe? –les digo–. ¿Qué pasó al fin? Yo no vi qué le pasó.

–Nunca lo vimos.

–¿Quién va a enterrar a los muertos? ¿Quién enterró a Chepe?

–Ninguno de nosotros lo enterró.

191

Y puedo oír que intercambian, con ironía:

–Debió ser uno de ellos.

–El que lo mató, seguramente.

Se arrepienten de decirlo, o se apiadan de mí, de la cara que debo hacer, escuchándolos:

–Nosotros nos vamos, profesor, no queremos morir. ¿Qué podemos chistar?, nos ordenaron que nos vayamos de aquí, y nos tenemos que ir, así de simple.

–Venga con nosotros, profesor. Lo mencionaron en la lista. Oímos su nombre. Cuidado. Su nombre estaba allí.

¿Por qué preguntan los nombres? Matan al que sea, al que quieran, sea cual sea su nombre. Me gustaría saber qué hay escrito en el papel de los nombres, esa «lista». Es un papel en blanco, Dios. Un papel donde pueden caber todos los nombres que ellos quieran.

Un ruido de voces y respiraciones brota de una orilla de la escuela, de la espesa ribera que colinda con los árboles, las montañas, la inmensidad, brota creciente del angosto camino que viene de la serranía: de allí arriban sudando otros hombres y mujeres que se unen a la fila, oigo sus voces, hablan y tiemblan, alegan, se lamentan, «Están matando gente como a moscos» dicen, como si no lo supiéramos. En vano busco con mis ojos a Rodrigo Pinto y su mujer y sus hijos. En vano busco a Rodrigo y su sueño, su montaña. Pregunto por él: uno de sus vecinos de vereda menea la cabeza, y no lo hace tristemente, como yo hubiese esperado. Por el contrario, parece a punto de contar una broma: me dice que vio su sombrero flotando en el río, y sigue andando con los demás, sin atender a más preguntas, «¿Y la mujer de Rodrigo, y sus hijos?» insisto, cojeando detrás, «Fueron siete», me grita, sin volverse.

En la primera curva de la carretera los veo desaparecer. Se van, me quedo, ¿hay en realidad alguna diferencia? Irán a ninguna parte, a un sitio que no es de ellos, que no será nunca de ellos, como me ocurre a mí, que me quedo en un pueblo que ya no es mío: aquí puede empezar a atardecer o anochecer o amanecer sin que yo sepa, ¿es que ya no me acuerdo del tiempo?, los días en San José, siendo el único de las calles, serán desesperanzados.

Si al menos coincidiera otra vez con la ventana de Celmiro, nos acompañaríamos, pero ¿en dónde?, ya no sé. Examino las esquinas, las fachadas: sorprendo, rodeando la canal del techo de una casa, a los Sobrevivientes, uno junto al otro, encima mío, al paso mío, y me observan a su vez, los ojos fijos de curiosidad, como si igualmente me reconocieran, «Quién fuera gato, Dios, sólo un gato allí en el techo» les digo, «seguro que antes que dispararles a ustedes me disparan a mí.» Me escuchan y desaparecen, tan instantáneos como aparecieron, ¿me estaban siguiendo? De los árboles saltan a volar en racimo los pájaros, después de un sucesivo estallido de disparos, todavía distantes. A lo lejos, otro grupo de hombres y mujeres rezagados sigue presuroso su camino: pareciera que huyen en punta de pies, para no hacer ruido, con un sigilo voluntario, desmesurado. Algunas mujeres me señalan, aterradas, como si comentaran entre ellas la presencia de un fantasma. Me he sentado encima de una piedra: blanca, ancha, debajo de un magnolio que perfuma: tampoco recuerdo esta piedra, este magnolio, ¿cuándo aparecieron?, con toda razón desconozco esta calle, estos rincones, las cosas, he perdido la memoria, igual que si me hundiera y empezara a bajar uno por uno los peldaños que conducen a lo más desconocido, este pueblo, quedaré solo, supongo, pero de cualquier manera haré de este pueblo mi casa, y pasearé por ti, pueblo, hasta que llegue Otilia por mí.

Comeré de lo que hayan dejado en sus cocinas, dormiré en todas sus camas, reconoceré sus historias según sus vestigios, adivinando sus vidas a través de las ropas que dejaron, mi tiempo será otro tiempo, me entretendré, no soy ciego, sanará mi rodilla, caminaré hasta el páramo como un paseo y después regresaré, mis gatos continuarán alimentándome, si llorar es lo que queda, que sea de felicidad, ¿voy a llorar?, no, sólo arrojar la carcajada impredecible que me ha amparado todo el tiempo, y voy a reír porque acabo de ver a mi hija, a mi lado, te has sentado en esta piedra, le digo, espero que entiendas todo el horror que soy yo, por dentro, o todo el amor –esto último lo digo en voz alta y riéndome–, espero que te acerques compadeciéndome, que perdones al único culpable de la desaparición de tu madre, porque la dejé sola.

Ahora veo a Otilia frente a mí.

Y con ella unos niños que deben ser mis nietos y me miran espantados, todos tomados de la mano.

–¿Ustedes son de verdad? –les pregunto. Sólo eso he podido preguntarles.

El grito de Oye me responde, fugaz, inesperado.

La visión de Otilia se desvanece, dejándome un rastro amargo en la lengua, como si hubiese acabado de tragar algo realmente amargo, la risa, mi risa.

Me incorporo. Llegaré caminando hasta mi casa.

Si este pueblo se ha ido, mi casa no. Para allá voy, digo, iré, aunque me pierda.

A dos o tres calles de la piedra blanca, de donde acaso no debí moverme nunca, me encuentro con los mismos hombres que saben que no estoy muerto, los encuentro en mitad de la calle, ante una casa sembrada de geranios en la entrada, ¿la casa de quién? Lista en mano preguntan a gritos por alguien, un nombre que no reconozco, ¿el mío?, y sigo avanzando a ellos, y me doy cuenta de mi insensatez demasiado tarde, cuando sería más que imprudente echarse atrás; pero a mí no me determinan; veo desde mi sitio que la puerta de la casa está abierta. Con un último esfuerzo me hago en la acera de enfrente, contra la pared, bajo las sombras de un corredor repleto de mesas patasarriba: la tienda de Chepe, otra vez.

Repiten a gritos el nombre, la puerta sigue abierta, nadie sale, nadie obedece al nombre, a la orden fatal. Uno de los armados, sin necesidad, va y patea la puerta y la despedaza con la culata de su fusil; se mete en la casa seguido por dos o tres. Sacan a rastras a un hombre que tampoco reconocí, repiten su nombre, ¿quién?, ¿es que me estoy olvidando hasta de los nombres?, se trata de un muchacho de bigote, más asustado que yo, pálido, lo dejan sentado en mitad de la calle, el viento mueve extrañamente los faldones de su camisa –como animales aparte, despidiéndose–, le gritan algo que no entiendo porque detrás se oye un grito de mujer reventando desde la casa, sale una mujer vieja, de la edad de Otilia, tengo que saber quién, ¿es su madre?, sí, es la madre detrás, increpando a los esbirros.

–Si él no ha hecho nada –les grita.

De cualquier manera, sin dudarlo, encañonan al hombre y disparan, una, dos, tres veces, y después reanudan su camino, ignorando a la madre, ignorándome a mí, ¿es que no quisieron verme?, se alejan a grandes zancadas, con la madre detrás, las manos agitándose, la voz desquiciada. «Les falta matar a Dios» dice con un chillido.

«Díganos dónde se esconde madrecita» le responden.

Ella abre la boca, al oírlos, como si tragara aire; después la veo dudar: arrodillarse ante el cuerpo de su hijo, por si sigue vivo, por si es posible alcanzar a consolarlo en el último momento, o seguir detrás de los hombres: su mano se cuelga del morral del último de ellos; con la otra señala el cuerpo de su hijo:

–Pues mátenlo otra vez –grita y sigue gritándolo–, ¿por qué no lo matan otra vez?

Me he sentado al filo del andén, y no porque quisiera fingirme muerto. El viento vuelve a empujar jirones de polvo en remolinos, la lluvia cae, suavemente. Sea como sea me incorporo; marcho en dirección contraria a la madre que grita lo mismo, *mátenlo otra vez*. Escucho otro disparo, el cuerpo derrumbándose. Como cuando bajé de la cabaña del maestro Claudino, el asco y los vértigos me doblan sobre la tierra, ¿estoy frente a la puerta de mi casa?, es mi casa, creo –o, por lo menos, el sitio donde duermo, eso quiero creer–. Acabo de entrar, sólo para comprobar que no es mi casa; todas las habitaciones han sido selladas. Salgo a la calle. Otro grupo de hombres pasa al trote, sin determinarme. Me quedo quieto, oyéndolos correr.

Al fin reconocí una calle, cerca de lo que fue una fábrica de guitarras: encontrar abierta la casa de Mauricio Rey, sin nadie adentro, me convenció de pronto que estaba solo en el pueblo. Celmiro ya habría muerto: se tocaba en el aire, eso creí: que todos se habían ido, los que quedaron vivos y los asesinos, ni un alma –me sorprendí yo mismo, y fue enseguida de pensarlo que oí desde algún sitio o desde todos los sitios el grito de Oye–. «Sigue aquí», me dije, y reapareció la esperanza de encontrarme todavía con alguien.

Busqué la esquina donde Oye se paraba eternamente a vender sus empanadas. Escuché el grito, volvió el escalofrío porque otra vez me pareció que brotaba de todos los sitios, de todas las cosas, incluso de adentro de mí mismo. «Entonces es posible que esté imaginando el grito» dije en voz alta, y oí mi propia voz como si fuera de otro, es tu locura, Ismael, dije, y el viento siguió al grito, un viento frío, distinto, y la esquina de Oye apareció sin buscarla, en mi camino. No lo vi a él: sólo la estufa rodante, ante mí, pero el grito se escuchó de nuevo, «Entonces no me imagino el grito», pensé, «el que grita tiene que encontrarse en algún sitio.» Otro grito, mayor aún, se dejó oír, dentro de la esquina, y se multiplicaba con fuerza ascendente, era un redoble de voz, afilado, que me obligó a taparme los oídos. Vi que la estufa rodante se cubría velozmente de una costra de arena rojiza, una miríada de hormigas que zigzagueaban aquí y allá, y, en la paila, como si antes de verla ya la presintiera, medio hundida en el aceite frío y negro, como petrificada, la cabeza de Oye: en mitad de la frente una cucaracha apareció, brillante, como apareció, otra vez, el grito: la locura tiene que ser eso, pensaba, huyendo, saber que en realidad el grito no se escucha, pero se escucha por dentro, real, real; huí del grito, físico, patente, y lo seguí escuchando tendido al fin en mi casa, en mi cama, bocarriba, la almohada en mi cara, cubriendo mi nariz y mis oídos como si pretendiera asfixiarme para no oír más.

Llegó una quietud inesperada, sin sosiego: el silencio alrededor.

No era posible adivinar qué horas eran, crecía la oscuridad, cerré los ojos: que me encuentren durmiendo, ¿no me mataron mientras dormía? Pero no conseguía dormir, no podría, aunque me tragara la tierra. Tenía que salir al huerto, contemplar el cielo, imaginar la hora, abrazar la noche, el rumbo de las cosas, la cocina, los Sobrevivientes, la silla tranquila, para dormir otra vez. Fui al huerto. Aún había luz en el cielo: la noche salvadora seguía lejana.

–Geraldina –dije en voz alta.

Ahora supuse que al otro lado del muro debía encontrarse Geraldina, y, lo que era absurdo, encontrarse viva, en eso me confié: hallar a Geraldina, y hallarla, sobre todo, viva. Oírla vivir, a pesar de los gritos. Pero recordé que también un grito, el grito de su hijo, la había llamado, la última vez que la vi. De eso me acordé al atravesar el muro; la hierba había crecido alrededor.

Allí estaba la piscina; allí me asomé como a un foso: en mitad de las hojas marchitas que el viento empujaba, en mitad del estiércol de pájaros, de la basura desparramada, cerca de los cadáveres petrificados de las guacamayas, increíblemente pálido, yacía bocabajo el cadáver de Eusebito, y era más pálido por lo desnudo, los brazos debajo de la cabeza, la sangre como un hilo parecía todavía brotar de su oreja; picoteaba alrededor la gallina, la última gallina, y se acercaba, inexorable, a su cara. Pensé en Geraldina, y me dirigí a la puerta de vidrio, abierta de par en par. Un ruido en el interior de la casa me detuvo. Esperé unos segundos y avancé, pegado a la pared. Detrás de la ventana de la salita pude entrever los quietos perfiles de varios hombres, todos de pie, contemplando algo con desmedida atención, más que absortos: recogidos, como feligreses en la iglesia a la hora de la Elevación. Detrás de ellos, de su inmovilidad de piedra, sus sombras oscurecían la pared, ¿qué contemplaban? Olvidándome de todo, sólo buscando a Geraldina, me sorprendí avanzando yo mismo hacia ellos. Nadie reparó en mi presencia; me detuve, como ellos, otra esfinge de piedra, oscura, surgida en la puerta. Entre los brazos de una mecedora de mimbre, estaba –abierta a plenitud, desmadejada, Geraldina desnuda, la cabeza sacudiéndose a uno y otro lado, y encima uno de los hombres la abrazaba, uno de los hombres hurgaba a Geraldina, uno de los hombres la violaba: todavía demoré en comprender que se trataba del cadáver de Geraldina, era su cadáver, expuesto ante los hombres que aguardaban, ¿por qué no los acompañas, Ismael?, me escuché humillarme, ¿por qué no les explicas cómo se viola un cadáver?, ¿o cómo se ama?, ¿no era eso con lo que soñabas?, y me vi acechando el desnudo cadáver de Geraldina, la desnudez del cadáver que todavía fulgía, imitando a la perfección lo que podía ser un abrazo de pasión de Geraldina. Estos hombres, pensé, de los que sólo veía el perfil de las caras enajenadas, estos hombres deben esperar su turno, Ismael, ¿esperas tú también el turno?, eso me acabo de preguntar, ante el cadáver, mientras se oye su conmoción de muñeca manipulada, inanimada –Geraldina vuelta a poseer, mientras el hombre es solamente un gesto feroz, semidesnudo, ¿por qué no vas y le dices que no, que así no?, ¿por qué no vas tú mismo y le explicas cómo?

–Ya –grita uno de los hombres, alargando extrañamente la voz–. Deja.

Y otro:

–Larguémonos.

Los tres o cuatro restantes no responden, son cada uno un islote, un perfil babeante: me pregunto si no es mi propio perfil, peor que si me mirara al espejo. Adiós, Geraldina, digo en voz alta, y salgo de allí. Escucho que gritan a mis espaldas.

He salido por la puerta principal. Me dirijo a mi casa, avanzo por la calle tranquilamente, sin huir, sin volverme a mirar, como si nada de esto ocurriera –mientras ocurre–, y alcanzo el pomo de mi puerta, las manos no me tiemblan, los hombres me gritan que no entre, «Quieto», gritan, me rodean, presiento por un segundo que incluso me temen, y me temen ahora, justo cuando estoy más solo de lo que estoy, «Su nombre», gritan, «o lo acabamos», que se acabe, yo sólo quería, ¿qué quería?, encerrarme a dormir, «*Su nombre*», repiten, ¿qué les voy a decir?, ¿mi nombre?, ¿otro nombre?, les diré que me llamo Jesucristo, les diré que me llamo Simón Bolívar, les diré que me llamo Nadie, les diré que no tengo nombre y reiré otra vez, creerán que me burlo y dispararán, así será.